依旧是寻常

张岚 著

中国画报出版社·北京

丰子康三岁作品。

序

龚鹏程

张岚说:"对穿长衫的人来说,故乡在他心里。对好男儿来说,故乡在他肩上。对我来说,故乡在我的日子里。"

说得好!这便是我们的分歧,也是她的幸运。

因为生活这个词,现在已经不太能用了,赞叹变成了鸡汤,感喟则引来讪笑,安之不免颓唐,怒怼却让自己显得可笑。

不能述说、不好表态,原因是生活早已被自己弄得乱七八糟,所以我们的人生不好谈,也不知该如何谈。若要勉强言之,只能"却道天凉好个秋";否则就只好去骂人、愤世、疾俗、怨天。

人、天、世、俗本来也有其可恨可怨之处,故逃世者,也就是像我这样穿长衫或心底下穿着长衫的人愈来愈多。不逃,而愤激的批评者亦往往可观。历来所谓作家,便多取道于此,唱着"诗能穷人"的怨歌,清寥婉转,颇动人思,而亦表示他还把故乡担在肩上。

张岚却是旁人觉得她应该横眉冷对,尤着人、怨着天,而居然不如此的清净人。

她成长在灵武、银川的情况,我不清楚,我是在海南见到她的。那就跟看见南海上的月光一样,清亮照人。然而,此后我知道的却是一连串与命运相搏的故事。弱羽冲风,退飞、仍飞,一程又一程。

那些故事,血泪模糊,真是不堪说起。而事实上也不用再说,她过着日子呢!过着过着,回首处,万山来揖、浪静波平。她这本文集就足以说明一切了。

我们这样的人,不会过日子,神游故国,对具体生活根本心不在焉。强调铁肩能担什么的人,生活为了别人、道义、家国、天下、远方的钱、权或理想,不免公而忘私,没空理会身边的柴米油盐和晚霞朝露。只有她这样,才能踏踏实实过日子。

前者逸、次者空,她这样才是生活的本分。守分,始能让日子本身真实不虚,不像我们这般尽在假、大、空中做活计。

守分之另一品德在于认分。认分,故坚毅、能忍、有韧性,且能静下来品味生活的细节。家人亲情之美、居处日常之乐、优游闲静之趣、人我交接之龃龉、世道人心之隐微,于是便一一出现于她的笔下。

她是真正的文艺女青年,而且一直是。这么多年,总没放下笔,总在记录着她的生活、她的心情。她并不想猎名或博取作家的身份,只是把所有的情思深深浅浅地说给笔听。写成的稿子,带在身边,随她万里,做她最贴心的知己。

由于是生活中的闲话桑麻,所以也说得清平,漫话家常。风

序

龚鹏程

张岚说:"对穿长衫的人来说,故乡在他心里。对好男儿来说,故乡在他肩上。对我来说,故乡在我的日子里。"

说得好!这便是我们的分歧,也是她的幸运。

因为生活这个词,现在已经不太能用了,赞叹变成了鸡汤,感喟则引来讪笑,安之不免颓唐,怒怼却让自己显得可笑。

不能述说、不好表态,原因是生活早已被自己弄得乱七八糟,所以我们的人生不好谈,也不知该如何谈。若要勉强言之,只能"却道天凉好个秋";否则就只好去骂人、愤世、疾俗、怨天。

人、天、世、俗本来也有其可恨可怨之处,故逃世者,也就是像我这样穿长衫或心底下穿着长衫的人愈来愈多。不逃,而愤激的批评者亦往往可观。历来所谓作家,便多取道于此,唱着"诗能穷人"的怨歌,清寥婉转,颇动人思,而亦表示他还把故乡担在肩上。

张岚却是旁人觉得她应该横眉冷对，尤着人、怨着天，而居然不如此的清净人。

她成长在灵武、银川的情况，我不清楚，我是在海南见到她的。那就跟看见南海上的月光一样，清亮照人。然而，此后我知道的却是一连串与命运相搏的故事。弱羽冲风，退飞、仍飞，一程又一程。

那些故事，血泪模湖，真是不堪说起。而事实上也不用再说，她过着日子呢！过着过着，回首处，万山来揖、浪静波平。她这本文集就足以说明一切了。

我们这样的人，不会过日子，神游故国，对具体生活根本心不在焉。强调铁肩能担什么的人，生活为了别人、道义、家国、天下、远方的钱、权或理想，不免公而忘私，没空理会身边的柴米油盐和晚霞朝露。只有她这样，才能踏踏实实过日子。

前者逸、次者空，她这样才是生活的本分。守分，始能让日子本身真实不虚，不像我们这般尽在假、大、空中做活计。

守分之另一品德在于认分。认分，故坚毅、能忍、有韧性，且能静下来品味生活的细节。家人亲情之美、居处日常之乐、优游闲静之趣、人我交接之龃龉、世道人心之隐微，于是便一一出现于她的笔下。

她是真正的文艺女青年，而且一直是。这么多年，总没放下笔，总在记录着她的生活、她的心情。她并不想猎名或博取作家的身份，只是把所有的情思深深浅浅地说给笔听。写成的稿子，带在身边，随她万里，做她最贴心的知己。

由于是生活中的闲话桑麻，所以也说得清平，漫话家常。风格特别清新自然，不炫技，也没有一点矫揉造作的痕迹——跟她的人一样。

写作本来应该如此。可是故乡在心里的人，话都说给心里的故乡听了，所以旁人听不太明白；故乡在他肩上的人，累了，喘了，话也说不平静。都不能像她这样。

可是，这会不会又太平常了？

嗯，平不平常还得生活决定。

她活在一个动荡的大时代中，飓风催叶，流转于黄河银沙之间，忽然又飞到海南，再飞美国，再返回中土。这固然是时代的播弄或见证，而事实上也是一次次艰难的选择。总总风土民情的不适应、身份职业的痛苦转换、乡土亲情爱情间的纠缠撕扯，一个人带着孩子，五洋四海地去闯，即是这其中真实而具体的生活内容。这是平常还是不平常？

那时两岸初通，她是海南岛第一批去台湾参访的人。由美国回来，她进了国家档案局，继而从事纪检监察反腐肃贪的工作。把"造化弄人"这个词倒过来写，竟是人生造化，水起风生，生活可说太有波澜了。

只不过，如此波澜，对她来说，却仿佛……仿佛什么呢？

于九涛兄看过她这些随笔，说："书名该叫作：依旧是寻常！"我想，对呀，依旧是寻常。将军百战归、老僧悟道回，大起波澜之后的文字，本来就都应该是她这样的。

丰子康三岁作品。

目录

1　　第一辑　生活篇

115　　第二辑　台湾行

153　　第三辑　随笔（杂记）

丰子安三岁作品。

第一辑　生活篇

都是我不好

清晨，夫要洗脸，打开水龙头没水，他大喊："这是什么学校，洗脸水都没有？！""大桶里备了水，打湿毛巾擦一把，都是我不好。"我自言自语道。夫一脸的不高兴，临出家门喊道："别忘了修厕所的上水。"我连声答应着急忙上班。一下楼，一方块一方块的菜地，品种多样，是菜蓝子工程到了学校，还是有人做科研发明了新的"井田制"？我不解，没走几步，一股臭味扑鼻而来，有人给菜地施肥，满头大汗，非常勤奋的样子。忽看见两只大胖老鼠晃晃悠悠，得意洋洋地在马路上散步，真有点乡村气息。

走到水电科门口，想起夫的抱怨，只好又硬着头皮进去，他们很忙，正在聚精会神地打扑克。"师傅，我家的厕所上水坏了，请帮忙修一下。"有位年轻人头也不抬，眼睛死盯着手里的牌。"我们只修下水，不修上水。""哪里修上水？""去找房管科。"我又找到房管科："阿叔，请问我家的厕所上水坏了，谁管维修？"阿叔不高兴，"我们只管房子分配，不管维修，你去找水电科。""对不起，都是我不好。"我又赶去水电科问，他们更烦，就差骂我多事婆，大喊："去后勤处问。"我又跑去后勤处，那位先生更气："你来学校这么多年连水电科都不懂吗？""对不起，都是我不好。"

路过收发室想起了取快件，走上前毕恭毕敬地说："阿姨，我有一封快件请帮我拿一下。"她大怒："你没看见我在忙吗？"那声调几乎在说，你瞎了吗？我只好站着等，等了一会儿，阿姨喝了几口水，可能觉得我认错态度还好，但是她老人家的气还是没消，看都不愿看我一眼，把本子抛给我，"签名！交一元钱。"我签了名，又多问了一句："阿姨请问我的《文学报》和《文汇读书周报》快半年了都没收到，怎么回事？""我不知道，你去问邮局！"阿姨大怒，唾液四溅，我后退两步，"对不起，都是我不好。"

我又赶到水电科说："后勤处说修水电是你们的事。""我们只修下水，不修上水，你听不懂吗？"我吓坏了，赶紧退了出去。

到了图书馆二楼，运气不佳，又碰上了馆长。"你怎么才来？""对不起，都是我不好。"馆长愣了，"你说什么？"

刚坐下还没喘口气，来了几位学生说是准备写毕业论文要借书，连问了四五本书，我都说没有。他们还好没有大怒，面带呆情，不苟言笑："这是什么破学校毁人不倦。"我说，"诲人不倦还不好？"他们提高了嗓门："是毁灭的毁。"那腔调似乎在说你这个大傻瓜。我无言以答，怕失面子，强词夺理："快别说了，你们四级英语考试，只过了百分之十几。"我平静多了，我们面对无言，这次终于是平局，我心想今天不用再说我不好，但一阵尴尬之后，他蔑视地看了我一眼，那眼神似乎在说我狡辩。他转身走了,我追出门口补了一句:"去师院图书馆看看,他们的书比我们多。"他头也不回扬长而去。我心里一阵难过,凡是做过学生的人都知道,没有资料,毕业论文可怎么写?"唉!都是我不好!"

晚上,吃过晚饭,夫说要洗澡,他拿着毛巾进了卫生间,我的心跳急剧加快,结果夫又大喊,"忙了一天,回家连澡都洗不上,你们怎么不向学校反映?""领导很忙,说是我们住的楼层高,水上不来,克服一下吧,大家都这样!"夫更气:"不是三天五天停水克服一下,住四楼就高,外边住十几层要渴死吗?长年累月停水,海南天气炎热,这日子怎么过呀?"我真怕因为水的问题闹起家庭矛盾,嚅嗫道:"大桶里存了水,去擦擦,都是我不好。"

1990年7月

丰子安六岁半作品。

稿费

K君发出了一本书,是关于喜剧创作(宋史研究)的,学术价值很高。出版社怕销路不好,只印了三千册。十七万多字,稿费三千多元。他显得很高兴,满脸通红。S君拿着书说:"我来写一个书评,给大家介绍一下!"K君紧张了。"不行,别人知道我们是师兄弟。"我奇怪地插言:"那怕什么?这个大学就你们俩学古代文学的,别人不懂,怎么评?!"

"不行,不行,还是不写好。"K君又坚持。我突然发现男人像个迷宫,有很多事让人猜不透。

S君又神秘地问:"你第一本书送给谁?"

K君脱口而来:"我妻子,第二本我的导师,第三本师兄你,第四本……"他慎重地分配了一番。我没在意他们的分配,一直想着那三千元稿费,不禁惊叹道:"三千多元稿费?!"K君满足地说:"这就不少了,这个数字在内地可是天文数字哩。"

S君像个顽童又开始挤眉弄眼地说:"现实就是这样,写书的不如出书的,出书的不如卖书的。"说完在太师椅上摇了两下,又一本正经的样子:"我建议你稿费不要拿去还债,做点有意义的事，你女儿喊了几年要钢琴，先给女儿买一架钢琴。"K君眼圈闪着泪讷讷地说："这点钱只够买半个钢琴。可我又不会赚钱，我只能写书，我还要写一本厚厚大大的书。"

听着这二位博士的对话，我心里酸酸的。难怪平日里笑他们耐不了寂寞，受经济浪潮冲击，不专心做学问。S君嘲弄道："现在谁谈做学问？"那目光和声音似乎觉得我精神不正常或者是肚子里油水太多。我不解地说："不做学问博士白读了？"

"我最后悔我上了博士，而且学了中文！"S君总是这样愤愤地说。

K君要请我们去喝啤酒吃花生米。我不忍心再让他破费，婉言谢绝。

我踏着洒满月光和椰影的小路，伴着徐徐清风在校园里漫无目的地走着。回到家中把K君出书和稿费之事对夫说了一遍。我难过道："三千多元是老板的一顿饭钱。一位歌星唱一首歌再扭两下还五千元呢。"

夫笑我太多愁善感，他像一个老行家成熟地对我说："纯学术，理论书谁买？如果是通俗时髦武侠感情小说一定赚钱。"

我对他发起火来："这种现象不正常，我们这代人要多给后代留下点文化遗产，国家应拿钱保护学术价值高的书籍。"夫也急了："国家目前主要是脱贫致富，解决几亿人的温饱问题。"

"小农思想。"我声音不大但非常有力。

夫看我真急了："好了，好了，我很累，不谈这些了，这是国家的事，与我们无关。等我赚了钱给你去办文化教育事业。"

夫又给我"画了一个圆"。我不再说了，夫翻了个身发出轻轻的鼾声。

我躺在床上看着窗外悬在半空中的月亮，发着黄色光晕，不时地飘过一缕缕云彩，月亮忽明忽暗，不停地走着，不知月亮年复一年走得累不累？但她还是那么尽职尽责。不一会儿，月亮躲过了我的视线，只留下神秘莫测的浩瀚夜空。我想K君这夜一定也没入睡，他一定在想那三千多元钱是还债，还是再借点钱给女儿买架钢琴，或许他在构思那本厚厚的大书……

1990年6月

丰子康三岁作品。

丫丫

晨起,天空飘着小雨,空气新鲜湿润,回到厨房,电磁锅冒出白色的烟雾,屋里缭绕着粥的香味。我端上两小碗皮蛋瘦肉粥、咸萝卜条和酱黄瓜,丫儿不满地噘着小嘴抱怨道:"又是稀粥!""要旅行,吃稀饭舒服。"因要去成都旅游,丫儿也就随了我,不像往日会不依不饶地要面包牛奶。不禁想起王蒙先生写的"坚硬的稀粥",暗自好笑。匆匆换好牛仔裤,穿好鞋,背好包,走到门口又突然想起一件大事,四处找我的校徽,丫儿不可思议。"从不见你戴校徽,今天出门为什么要戴?""戴上校徽保险,小偷不会光顾。"话音未落,我俩哈哈大笑,挽着手笑嘻嘻地往海口机场奔去。

海南岛秋日的太阳也带来了秋意,太阳不再是银白色,阳光温柔多了,不那么刺眼。柳树似少女的长发被海风吹得飘逸潇洒,沿秀英大道上去的观光马路,一眼望去蓝色的浪花相互追逐,给这座新生的海滨城市赋予了诗意。我想起若在北京该是上香山赏红叶的季节,若在台湾该是上阳明山赏蝶的好时光,若在黄河边上可看到随风轻荡的芦苇花。

上了飞机，丫儿与我促膝交谈。"妈，我预感这次我能当上班长。"丫儿神秘地告诉我。"妈只希望你学习好，其他的都无所谓。"我甜蜜蜜地说。丫儿不服气："你觉悟了，我还没觉悟。我就想当班长。"看着她那天真的样子，我不禁大笑。"妈，你说为什么？我的好朋友心里都想当班长，嘴上却都说不想当。"嘿嘿……我又笑了起来。好久没与女儿交谈，这几年来我忙于自己的事，即便女儿大考也从未辅导过，更没时间陪她写作业，心里有一丝歉意，女儿正走在成人的路上，身上洋溢着只有孩子才具有的自然天真。

弦窗外，朵朵白云踩在脚下，仿佛置身于云海，我冥想着宇宙万物，丫儿却轻而易举就进入酣甜的梦乡，小鼻孔发出轻微的鼾声，睡样像一只温顺的小猫咪，她一定还在想着当班长。

飞机降落在成都机场，已是下午2点30分，我们快速住下。成都市的马路旁植满了法国梧桐树，城市建筑很像南京。为了节省时间，先乘出租车去"武侯祠"。司机服务尚好，态度亲切和蔼，打开计价器，不用讨价还价，还做导游，告诉景点和路线，朴实的民风，我心中暗暗赞叹不愧是文化古都。在成都七天没被"割一刀"，深感幸运。

武侯祠在成都市里，离我们住的岷山饭店只有十几分钟车程。

1991年7月

月亮湾

月亮湾，好美的名字，她嵌在海南岛文昌县的铜鼓岭，是海水天然雕成。世上奇山秀水多得很，铜鼓岭却以多情著称。"银月弯弯依依心，铜鼓阵阵传哥情。"

站在铜鼓岭顶峰上的风动石（又称金丝石、点头石）上，绿竹丛丛，眼下是一弯硕大的蓝色月亮静卧在一望无际的红土地上。海水绘出的月亮湾，仿佛是善良美丽的月亮姑娘身披淡蓝纱裙，刚刚出浴，天生丽质，情韵袅袅，摇曳生姿，令人心醉神迷。

悠悠万世，月亮的存在对于人间是一个魅人的宇宙之谜。多少文人墨客咏月抒怀，多少恋人借遥月寄相思，又有多少有志之士向明月抒发自己的政治理想。几千年来，明月高高挂在天上，使人望月兴叹。诗圣李白在《把酒问月》中放声感慨道："人攀明月不可得，月行却与人相随。"道出了明月与人既可亲又神秘的奇妙感。

赏月，是我最大的癖好，儿时经常问月亮为什么我走你走，我停你停？在月光下偷看，自己的身段到底是什么样？挂着小辫看有多长，嘴里不停地念着，圆月亮，弯月亮，蓝月亮，黄月亮。有时想看明白月亮里的小白兔和嫦娥，眼睛酸痛，揉揉眼再看，月亮是看不够的。

站在风动石上看月亮湾，是俯视。

1991年8月

丰子康四岁作品。

生命的境界

王国维在他的《人间词话》中说："古今之成大事业大学问者，必经过三个境界：昨夜西风凋碧树，独上高楼，望尽天涯路，此第一境也；衣带渐宽终不悔，为伊消得人憔悴，此第二境也；众里寻他千百度，蓦然回首，那人却在灯火阑珊处，此第三境也。"这种境界形态的中国哲学倾向，自然影响到我们对生命的理解和艺术的表现。苏东坡曾说文兴可画竹，"遇物赋形，得于无心"，所谓无心，乃是由内功转化而出的境界。这种无，可以概括老子的无为、无知、无欲、无身、虚其心；庄子的无己、无功、无名，甚至儒家所说的克己。这些生命境界的追求造就了中国知识分子温柔敦厚的诗学观与人生观。

生活在欧亚大陆上那个让人叹服的大胡子老头——托尔斯泰用西方哲学的思维对生命的境界给予了科学的逻辑阐释，他是从生命起源说起，生命是在细胞当中，还是在原生质中，还是在无生物中？他首先探究生命是从哪里来的，其次给生命下了定义。有些学者认为"生命是一种普通的、不间断的分解和化合的双重过程。生命是某种连续完成的不同类型的变化的混合。生命是在运动的有机体。生命是有机体的独特的运动。生命是内部关系对外部世界的适应。"托尔斯泰认为所有这些定义中都充满了不精确和同语反复。把探讨生命的某些条件当成是探讨生命。"事实上，生命除了由恶趋向于善，我不能想象它还能是别的什么。"他还认为生命的主要特征就是对痛苦和幸福的意识，对善的向往。研究生命的目的就是为了使生命变得更美好。进而，他又向自我发问，人生的意义是什么？幸福是什么？这是一个人类永恒的问题。

托尔斯泰是一个特别关注人生意义问题的思想家、大文豪。他通过作品《战争与和平》《安娜卡列尼娜》《复活》等名著，回答了人生的意义就在于爱，不仅爱亲人，更要爱其他的人，爱整个人类，幸福就在于奉献出自己的爱。

托尔斯泰一生一直处在"灵与肉"搏斗的烦恼中，毕生探索真理，不断地向自己挑战并敏于省察。托尔斯泰最可贵的是他真诚的信念。

今天，人类的物质文明有了更大的进步，但越来越多的人也逐渐看出，仅仅依靠科学技术的进步并不能使人类获得完全的幸福。在物质生活富裕的国家里，犯罪率并不比相对贫穷的国家低，就是一个有力的例证。对物质生活逐渐丰富起来的人们来说，还有一个精神寄托的问题：一个人怎样生活才是有意义的？

1992 年 5 月

女儿

星期天带女儿去书店，下汽车关车门时我不小心把女儿的手挤烂了。我心痛得比挤破自己的手还难过。回到家里我弯腰给女儿换鞋，女儿恐慌地大哭："妈妈，我自己脱鞋，我右手没烂，自己能干……"女儿这一举动使我的泪水油然而落。"傻孩子，你手破了，妈来。"

平日里我对女儿要求较严，怕因是独生女娇坏了她，要求她自己的事自己做。特别是自她上小学起这三年，更没时间陪她玩耍，即使有点时间我也是在灯下读自己的书，女儿的话突然让我感到母女疏远了好多，心中很自责。

我看着她那过早成熟的小脸，想起她幼年时段。女儿刚生下来时眼睛有一块小红记，我天天抱着她看，担心退不了，长大影响美观。女儿从小就很内向，很少哭喊，我又担心她会不会是哑巴。女儿很好，我经常一边抱着她一边看小说，她在我怀里一动不动，只有尿湿了或饿了她才哭。我乳房涨得奶水直往下流，看着女儿吮咂着我的奶水，我不知下了多少次决心一定将女儿养育好。那时我的女友说喂奶会影响形体，我只知道吃母奶的孩子身体好。断奶时，姥姥抱着她在客厅走，女儿在外屋哭哑了嗓子要妈妈，我在里屋哭，几次都要跑出去，耳边想起妈的嘱咐："你千万不能出来，否则女儿白受罪，下次还得断……"经常担心女儿营养不够，每天蒸好蛋羹，煮鱼汤，凉拌西红柿……

女儿十个多月学走路，怕她摔跌，我每天弯着腰扶她走，从未因我的失误使女儿摔得鼻青脸肿。当她离开我能走两三步时，我高兴地一下子坐在地上笑出了泪。

两岁多女儿会走路了，却不想走，每次出门都要让我抱。我开始有意培养她独立的性格，要她自己走。有一次她摔倒在地上，趴在地上不起来，我坚持让她自己站起来，她看着我伸着一只小手叫妈妈……我真忍不住想去抱起她，为了培养女儿，我还是硬让她自己站了起来。从那以后，她再摔倒就自己站起来拍拍小手和身上的土，摔得轻站起来对我笑两声，摔重了就哭两声。我总是安慰她一番。

女儿刚上幼儿园，我很不习惯，怕孩子多阿姨照顾不过来，冬天喝的水凉了没有？夏天是否太热？女儿就这样在哭声中长大。她刚上一年级，很贪玩，不按时完成作业，为此，也罚过站也打过孩子，每次打完她都难过好几天。

有一天傍晚，女儿还未回家，我四处寻找。她肩上斜着书包，嘴和小手都挂着烟黑，凉鞋也破了。我问她干什么去了，她嘟哝着说："上树玩，又去烤红薯。"我讲了一番道理。没过两天，她又是傍晚回来，手里捧着一个烤红薯说："妈，我和同学用柴烤的红薯，我吃了一个，给你留了一个大的。"看着女儿这般顽皮与天真，我接过红薯，但还是教训了她一顿。从那以后，女儿放学按时回家了，按时写作业了。女儿的时间很紧，业余时间学英语，学钢琴，再没时间爬树，烤红薯。我时常问自己这个妈是否当得太残酷，太无情，扼杀了女儿的童年。想到这儿，我缓缓走到女儿床边看着她那张熟睡的小脸，轻轻摸了一下她的小脸。孩子呀，你能理解妈妈的这般心意吗？正因为你是独生女，妈才这样要求你。

世界上有各种各样的母爱，父母的养育之恩，重在育呀。我怎样才能把你合格地送出家门，走向社会？我不敢讲，到21世纪，你一定能成为什么家，我只想听到你一句话，只要能听到你的那句话，我就是一位称职的母亲，这就是我一生最大的安慰与快乐。

1992年8月

丰子康三岁作品。

柳斋

我的童年在唐肃宗李亨建都的灵州度过。灵州城离黄河不远，我们经常去黄河边玩耍，那历经沧桑蜿蜒曲折的河床，随风摇曳的凄凄芦苇，那岸边天真无邪的水上飞鸟，使我常伫立于洒满晚霞的黄河水边幻想着明天和未来，儿时的这一切都深深地留在我的记忆中。然而，更使我留恋难以忘怀的，却是我儿时的"柳斋"。

我家在灵州西城边的城墙根下，古老的城墙为我们遮挡着西北风。出了我家院门有一条黄土马路，路面是城墙土铺的，听老人们说城墙土是由祖先的血汗合成，因此黏合力极强，路平坦而又瓷实。路边植满了飘飘洒洒的柳树，柳枝自然地垂落下来，我颇爱柳树柔韧的个性和那顽强的生命力。

那时，家里和学校只允许我们看革命书籍，《高玉宝》等书可以肆无忌惮地在数理课上阅读，却找不到一处看"禁书"的地方。我的邻居亚兰是我儿时的好友，矮个子，十分机灵，暑假的一天，她突然高兴地对我说："我找到了一个空中书房，在那儿看他们不让看的书。"边说过拉着我到路边的大柳树下，柳树下躺着一个不规则的丑石,我俩经常坐在那聊天、乘凉。"我上去过了,把树枝踩平像沙发。我先上你再上。""我怎么能上去?"我一脸难色。一向不好运动的我很害怕。她麻利地站在丑石上,像猴子爬树一样的灵巧。我战战兢兢跟在她后面,脚往树干上一蹬便滑了下来。她又俯下身,一手抱住树干,一手拼命拉我。我气喘吁吁上了柳树,坐在她已踩好的座上。我们半躺着,微风徐徐,柳树散发出迷人的香气,蜻蜓飞舞,麻雀落在树梢叽叽喳喳地吵闹,茂盛的树叶遮掩着我们,阳光还是透过树叶的间隙斑斑点点洒在我们脸上。亚兰哼着歌,用柳枝编了两个柳条帽戴在我俩头上。她跷起二郎腿,喜滋滋地说:"我是世界上最高明的建筑师,建筑了空中书房。取个名字怎么样?"我学着电影里的镜头,摇晃着脑袋,微闭双眼,拉着长腔嘲弄道:"'人……之……初,性……本……善。'那些老夫子的书房都叫这斋那斋,干脆就叫柳斋吧。"两人捧腹大笑。

在柳斋上我们读了许多书,对那些缺章少页粘了又贴的旧书,真有一种贪婪,看完了中国六大古典文学名著,又看完了"三花"(《朝阳花》《迎春花》《苦菜花》),看得两眼冒金星。最喜欢看的是小说中的爱情描写,敬佩主人公对爱情的忠贞与执着;把古典文学中的人物,分为二类:要么是"反封建"的战士,要么是"封建主义"的牺牲品;崇拜现代当代作品中为了革命事业牺牲爱情的革命英雄人物,被那些闪闪发光的词句感动得热泪盈眶。

有时,我们为争着先看某一本书,怄气不讲话。不久亚兰想了一个治服我的办法,爬到树梢上摇树,我只好每次先让她看。

有时，读书累了，她便折一枝较细的柳枝，抽出柳枝心，用柳树皮做成哨子，那哨声如小溪流水，又如深山幽林中的夜莺，吹奏出无乐章的音乐，与大自然同趣。现在，当我读到老庄的"大音希声，大象无形"，"天地与我并生，万物与我为一"的语句时，便会想起北方柳斋里那悠远的柳哨声。

秋天到了，蔚蓝的天空显得更高更远。我上了初中二年级，学校除《毛主席语录》外，又畅销《赤脚医生手册》，封面是红色塑料的，那是我生平第一次看带有彩色图片的书。一日下午，刚放学回家，我急忙和亚兰上了柳斋，神秘地从书包里拿出红色的《赤脚医生手册》，翻到彩色人体解剖图，两人抢着看，不小心书掉在树下，坐在丑石上玩弹弓的亚兰哥捡起书，回家告了我们的状，说我们在树上看"黄色书籍"。从此，我们再没能上柳斋，柳斋就这样荒废了，我常常站在柳斋下，仰望茫茫的柳絮，心里空荡荡地发出遗憾的叹声：都怨我！从那时起，亚兰开始翻墙去果园摘苹果，去池塘摸泥鳅，玩得好痛快。我便转向读苏联小说，读完后只记住故事情节，却从未记住一大串的人名。

以后长大了，工作、恋爱、结婚、做母亲，再没能读中国古典文学作品。这是我最大的憾事，一直耿耿于怀。牟宗三先生说过，文化生命没有了，就影响你的自然生命。或许是为了生命的延续，也或许是为了生命的质量，我又重新筑得生命的"柳斋"，只有这样我才不会抱憾终生。

1993年6月发表于《海南日报》

爱好

我有过许多爱好。儿时集过糖纸，跟着母亲学过剪纸，剪过窗花和各种小动物，还做过花绷，学过绣花，织过毛衣，上中学时就自豪地穿上自己织的毛衣。做这些事时，我曾全身心投入过，常常挑灯夜战。但一样都没能坚持下来，只留下许多美好的回忆。唯有读书这个爱好一直伴随着我，从未停止。

来海南后，与友人们去卡拉OK听过歌，看着他们似专业演唱水平，回来也想练练唱歌，下一次好体体面面地表现一番。唉！先天不足，五音不全，开口就跑调，左声左气，自己都不愿听自己唱歌。去过那么几次，灯红酒绿，烟雾缭绕，震耳欲聋的摇滚乐使我耳鸣心烦，再未去过。这是我持续时间最短的一次爱好。

我到底爱好什么呢？看着周围的人都想做生意，无论是学校的老师，还是街上看单车的老太太都念着生意经。在这种诱惑下我也动了心，跟着友人去学做生意。看他们讲来讲去，斤斤计较，讨价还价，没两次我便腻烦了。再有人劝我做生意，就像劝我吃白花花肥猪肉。这个爱好比唱卡拉OK时间还短。

前两年，朋友筹办做股票的证券公司，请我去帮忙，正好我供职的学校放暑假，我便去了两个月。友人送我一本关于股票知识的书，让我快些进入角色，学点股票的业务知识。我答应着接了下来，看过几页，了无兴趣。每到中午休息时，我便从包里拿出喜爱的小说，斜在沙发上看了起来。晚上失眠时，便拿出股票的书翻两页，很快歪头就睡。

患一场大病后，我才悟出，人生短暂，只为了钱，做自己毫无兴趣的事，太委屈自己。便对友人说我不喜欢这份工作。他睁大眼睛看着我，不可思议地说："想来我们这儿工作的人排满了队，你不感兴趣？！"

经过几番折腾，我还是选择了象牙塔里的生活。不是每一个人都适合经商、从政，不同的行当需要具备不同的素质。

读书给我带来无穷的快乐，开阔了眼界，使我变得充实。我不再像断了线的风筝飘来飘去。

细想起来，我最长久的爱好，也就是读书。其他嘛，只是生活的小插曲罢了。以前读书是欣赏，现在读书是学习，是需要，要读的书太多太多，真是"书山有路，学海无涯"。

一天，突然发现长了许多根白发。我伤感地告诉一位女老师，她却不以为然地说："读书用脑的人就两个结果，要么早白，要么早秃。"这两个结果都很可怕。我长叹了口气，要白就白，要秃就秃吧，人生的事就是这样，有所得必有所失，值不值得你自己去定。

读书，已成为我生命中重要的组成部分，就像氧气和水一样，除非是生命停止了，这个爱好也就结束了。

有人说我傻，我倒觉得在我所有的选择中，这是我最正确、最聪明的选择。

1993年11月发表于《海南日报》

丰子康五岁作品。

旗袍

从我记事起,妈就常给我做旗袍穿。记得第一件旗袍是妈用她旧的大襟衣服给我改做的。虽说不鲜亮,穿起来也干净合身。

1988年我要来海南,长这么大第一次真正远离妈,心里不是滋味。海南岛对内地人来说远在天边。临行前,妈又给我缝制了一件紫红色丝绒旗袍,说出门在外,图个吉利。那天上火车前我穿上那件紫红色的丝绒旗袍,学着妈的发式,把头发盘在脑后勺。送行的人都说妈好福气,有一个漂亮懂事的女儿。妈脸上挂着晶莹的泪珠,还是露出欣慰的微笑。

去年,我打电话告诉妈,我5月中旬去台湾,妈高兴极了,嘱咐我,一定要穿上旗袍。我说有两件丝绒旗袍够穿了。妈说5月在台湾穿丝绒旗袍太热。没过半月,妈从故乡寄来一个邮包,打开一看,我的泪水倏地淌了下来。那是一件我多次听妈讲述过的旗袍:绸面料,宝石蓝底色上点缀着一朵朵小郁金香花。中式样,高领,中宽袖大襟旗袍。儿时,常听妈念叨,她年轻时最喜欢一件宝石蓝的旗袍。每每叙述那件旗袍时,妈都显得格外幸福。我不知妈为何对旗袍有这么深的情感,似乎旗袍连结着她的生命。

在台湾开会时，我穿上了妈做的那件宝石蓝旗袍，台湾的友人说我像"中国小姐"。

我一直认为旗袍是中国妇女最美的服装，透着中国女人的韵味，包含着中国妇女温柔、含蓄的内在美，不像西方的"晚礼服"坦胸露怀；俄国的"布拉吉"谁穿都一样，显不出女人的身材；日本的"和服"又过分柔弱。

旗袍，不仅要求"三围"合适，而且只有在中国文化浸泡出来的中国妇女，才能穿出旗袍的味道。试想，一位金发碧眼，脸部轮廓分明，眉骨凸，眼窝深，性格刚硬的西洋女人穿上旗袍，喜剧效果一定很好。日本妇女穿旗袍又显得过分柔弱、谦卑，让人可怜。看来只有自己的衣服自己穿。西洋妇女穿上她们遮盖愈少愈好的服装，符合她们大胆追求、坦诚直率的性格；日本妇女穿上"和服"柔弱、服从，雍容华贵，她们视日本文化是菊与刀的文化，那么"和服"或许就是菊文化象征之一。

中国妇女穿上旗袍含蓄、典雅，是中国灿烂文化的一部分。

旗袍发源于满州的旗装，经过一次次文化撞击，发展成今天这种式样。旗袍是有一定标准的，中式领，大襟，紧腰身，盘花钮扣。再考究些，面料最好是真丝、丝绒、锦缎，领子和大襟镶滚边，针角小一些，精致得像一个艺术品。

穿旗袍也有一定学问呢，如果你的"三围"不好，个子过矮，先天不足，不适合穿旗袍；如果只身段好，没有中国文化的熏陶，也穿不出只属于中国妇女那种特有的高雅。大喊大叫、动作幅度夸张的人，后天修养不好的人，最好不要穿旗袍。

我这个吃饺子、喝黄河水长大、土头土脑的中国女人,只适合吃自己的饭,穿自己的衣,"西餐"和洋衣只是偶尔的点缀。

冬去春来,衣裳换来换去,我最喜爱的还是旗袍。

1994年5月13日发表于《海南日报》

丰子康四岁作品。

姥姥

姥姥一生很不顺利,吃了许多苦,但她全靠自己,从未抱怨过任何人。

姥爷是一位老中医。抗日战争时,兵荒马乱的年代,姥爷丢下姥姥和女儿,说是去行医、经商给全家人挣饭钱,独自踏上了丝绸之路,最后落脚到西北一个边远小镇。姥姥在老家种田、织布、喂猪、养鸡,带着女儿们等姥爷,谁知姥爷一走就是五年。

姥姥天天等啊盼呀,实在按捺不住,挑着小纺车,拉着三个女儿沿铁路线从河北找到西北。进了红门大院,才知道姥爷又纳了一房小妾。姥爷实在找不出理由,愧对姥姥嚅嗫道:"不孝有三,无后为大。如果没有儿子,对不起列祖列宗。"

姥爷和妾都恳求姥姥与他们一起过。那位女人很和善,又给姥爷生了两个儿子,他们日子过得很好。

姥姥只说了声:"你们好好过日子,俺自己和闺女过。"便出了他们家大门,一人悄悄哭了好几天。

姥姥带着三个女儿另起炉灶,每天点着油灯纺线、织布,做老头"瓜皮"帽。所以妈妈和姨姨都很会做针线活,还会织布、绣花。

姥姥靠小纺车把女儿养大,她们都各自成了家。姥姥又孤身一人,开了一个小店。姥姥会打一手好算盘,公私合营的年代,姥姥当了商店售货员。

姥姥老了,退休时,妈妈和两个姨都说接她一起住,但她说自己住习惯了。

她便推着小车摆起水果摊。那时我们都长大了,觉得姥姥摆小摊脸上很没面子。一天,顶着夏日的太阳,我去了姥姥的水果摊,关心道:"姥,这么大年龄别摆了,与我们一起住。"

姥姥抿着月牙儿般的嘴"咯……咯……"地发出爽朗的笑声,拿起毛巾忙着给我擦汗,倒茶,拿花生,操着河北腔:"俺不!俺这辈子就知道靠山山倒,靠人人倒,只有靠自己。"这是姥姥的格言。

几十年了,全家没有一个人能说服她。

去年夏天我回宁夏,去看姥姥,这时她已八十八岁高寿。从海南回去的我,已不再认为姥姥摆摊会失我们的面子,而是牵挂她孤身一人,生活不方便。我又想说服她搬去与我母亲做伴,相互照顾。听说她病过几次,一条腿不好使,我心想,这次她一定改了那犟脾气。当我走近姥姥的小屋门前,我愣了,姥姥的水果摊变成了茶水摊。她还是穿着那件银灰色的大襟衣裳,绾着白色银发,干干净净地坐在门前,面向大街,身旁竖着一根紫红色枣木拐杖。她的视力已经很差,我走到跟前她都没认出我,我喊了一声:"姥姥!"喉头便哽住了。

姥姥叫着我的小名,搬了一张椅子,让我坐在她身边,用她那双粗糙的手摸着我的脸,又发出了"咯……咯……"的笑声。

"俺就知道今天有贵客来,俺今早盘头发,丢下了一绺,你看……"姥姥那月牙儿般的嘴笑得更好看。听她的笑声,看不出任何的人生坎坷。我问姥姥身体怎样,她说:"俺吃斋念佛,身体很好,就是腿不灵活,不能推着小车上街摆摊了……"她又拉着我的手问长问短,还说:"海南是个啥样子?俺也坐飞机去看看。俺这几年日子过得可好了。去年维修古塔,你猜猜俺捐了多少钱?"姥姥一副老小孩的神秘样子,举起那历经沧桑的手,竖起食指。

我鼓足了勇气大胆设想,"一千元?!""不!你把俺想得太小气,俺捐了一万元!"

我吃惊道:"您别把钱折腾光,留些养老钱呀!"

"俺有。水电费、房费、医疗费,俺都不用别人花钱。俺这辈子没欠过别人的……"说这话时,姥姥显得那样的坦然,那样的愉快。

我再没有劝姥姥搬去与母亲同住。至今,姥姥的格言时常在我耳边萦绕,还有她那坚毅、洒脱、爽朗的笑声……

1994年6月发表于《海南日报》文艺副刊

听雨

雨声沙沙的越来越急,星星点点透过窗台溅在书桌上。今夜好静,因为有雨,听不到往日的麻将声,吵架声,唱卡拉OK声,电视声。雨儿紧紧裹着夜,使夜这般静谧。

凭窗而立,觉得微微的凉意侵入,怕热的人盼雨也盼这凉风。古人枯荷听雨,月下吟诗。今人很难有这闲情逸致。伴着孤灯赏雨,又别有一番情趣。灯映着黑夜,折射出淡黄的雨帘。

雨儿,一会儿直,一会儿斜,一会儿急,一会儿缓;心儿扬着翅任意翱翔,心是自由的。我不知不觉地想,——默默地想。

五年前,我来到海南,遇上台风天,我不知台风的风力能有多大,去风里赏雨,风似乎要把我带走,我被风雨打翻在地上,滚了一身的泥水,还觉得很开心。那是我生平第一次和台风玩。夜里风吼着要撕破地球似的,天像裂了缝,把雨水泼在这红土地上。风和雨紧紧抱在一起,像一对生死不分的恋人,从门窗的缝里拼命挤进屋。我担心世界是否会毁灭,真像那位科学家预言的地球会与其他星球相撞。又怕又奇地熬过了那一夜,那台风天,多雨的夜。

雨儿渐渐小了，黄色的台灯映着漆黑的夜，我眺望夜空的尽头，心幕慢慢拉开，涌出两年前的一幕。那是在台北的忠孝路上，你我撑着伞，踏着急匆匆的小步往书店赶去。路上行人络绎不绝，再加上五颜六色的雨伞，空间显得不太宽余，你不停地微点着头对擦肩而过的人说："对不起！"多年不见的我们，只有一小时的说话时间，因为你很忙。我们不再为鲁迅和胡适争得面红耳赤，我们只是讲述我们不同的童年。那天台北下着小雨，绢丝般的雨儿很温柔，显得很懂事，不忍打断我们的话语，悄悄地落在我们的伞上。你轻轻地说，儿时长在台湾乡下，你经常饿肚子背"三字经"，喜欢中国武术，崇尚中国武侠，是地道的国粹派。有一次在雨天实在太饿，跑去教堂，不是相信上帝，而是一个小小的目的，每人给两个苹果，那个苹果好大好红好圆，以后再吃苹果都不如那两个苹果甜。你说得平心气和，不带任何语言的修饰，而我听着心上却落起了小雨……

你使我想起我的童年，我生在北方的小城市，没赶上"低标准"，也不知饿得坐立不安是什么滋味。北方每到夏天都有几场大雨，就像北方的人一样憨直，实实在在下个痛快，很少见绵绵细雨。每到雨天我都祈盼雨下大些，愈大愈好。每个夜晚我不敢睡得很熟，担心一觉醒来，爸会不见了。

雨声渐渐止住了，凉云渐渐散去，月牙儿在云里时隐时现，椰树上的残滴映着残月，好似萤光万点。我在淡江大学住的日子里常是雨天，夜里常听到雨声，雨滴在石阶上，滴在苏武牧羊池，滴在杜鹃花上，滴在小竹林里。相同的雨落的地方不同，那雨声也不同，有的清脆透明，有的浑厚深远。那雨声由近到远再由远到近。早上起来花红叶绿,淡大绕在薄薄的雾中,仿佛是一首朦胧诗。5月,雨中的台北好美。

我想着这多姿多彩的雨,想着我们不同而又相同的童年,祈盼着我们能一同走过从前,拥有一个共同的未来。

今夜你也在听雨吗?

1994 年 7 月发表于《海南日报》

丰子安七岁作品。

中年女人

关于女人,我实在不敢说三道四,评头论足。因为自己也是女人,说高了有袒护自己之嫌,说低了有背叛女性之疑。再说中外的大手笔们"论女人"的文章、名篇,佳作数不胜数。因为正近中年,我便时常在想,怎样做女人?怎样做一个"特区"的中年女人?的确是一个严肃的课题,小至影响感情、身心、事业,大至可影响社会动荡不安,有曰:"家庭是社会的细胞。"

梁实秋先生在"女人"一文中说过,女人喜欢说谎,女人善变,女人善哭,女人胆小,女人聪明……

西方的一位哲学家曾尖刻地说过,对待女人手中要提着鞭子。

我国著名女作家张爱玲冷静地说过,世上有两种女人,一种有美的身体取悦于人;一种有美的思想取悦于人。

人们对女人的认识和态度是多元的。

今天,人们追求的是舒适现代化的生活,高楼、汽车、繁忙的夜生活等,家庭生活相对被冷淡,不再是四合院里夜雨西窗、煮茶剪烛……

中年男人,开始从爱欲转向成功欲,因此便出现了男人的眼里是事业，女人的眼里是男人的说法。每到夜晚先生们的社交、应酬目不暇接，妻子们便开始等夫，望夫，盼夫，做新时期的"望夫石"。

友人教育我说："对男人要放得开，才能守得住。"我恍然大悟，一阵欣喜。我一直认为女人不适合学哲学，思辨能力差，原来女人生来就是哲学家哩！就懂辩证法。

不是因为我的偏爱，做女人实在辛苦，做女儿时要学会洗衣做饭，料理家务，为人妻开始扶助丈夫事业有成，为人母开始精心养育儿女，待丈夫事业成功，儿女离开怀抱，自己却人老珠黄，眼角的皱纹无法熨平，身材下垂，该凸的地方却凹，该凹的地方却凸。于是不断地节食挨饿，化妆美容，费尽心机。

青春常驻是每一个人的愿望，但大可不必被此压得喘不过气来。要守得住丈夫，首先是守得住自我，只有在不失去自我的前提下，才能谈守得住丈夫。自我与自私是两回事，自我是社会前进的动力之一。

中年女人经过人情历练，应该更多一些宽容，少要回报，多一些对自我的修练，有随缘素位、宁静致远的胸怀。

中年女人的成熟美，如同果实累累的金秋。中年女人如一本小说，只是内容不同，有的通俗易懂，有的平平凡凡，有的宁静致远，有的思想深厚，全在自己去写。

中年女人走完人生的一半历程，经验与知识集于一身，如云翳中外露的霞光，璀璨多彩。中年女人自有她独特的丰韵与魅力。

"人"字的一撇是男人，一捺是女人，缺哪一划都不能组合为"人"字,男人和女人相互支撑。至于组合是否和谐全在自己的运气。旧的细胞坏死了,再重新排列组合,大可不必寻死觅活。无论做人还是为文都需要一些理想、灵魂、精神,否则活着也是行尸走肉,是一具木乃伊。

懂得并把握自我的女人不老,我常这么想。

1994年8月14日发表于《海南日报》

丰子安三岁作品。

康乃馨

初到昆明，披着雨丝漫步在宽阔而干净的街上，无意发现马路边上有一个小花店，约有七八平方米大，墙壁刷得雪白，没有丝毫的现代装饰，鲜花摆放得高低不等，错落有致。一眼望去，白色的墙映着五颜六色的花，透过雨帘，鲜花微笑着唤着我，我一阵欣喜，驻足于花店前。

"小姐买花吗？"卖花女甜甜地说。她那天真无邪的笑脸像一朵绽开的鲜花。啊！红玫瑰，黄菊花，满天星……还有许多叫不上名的花。这时，我被一束在白色墙脚下静悄悄看着我的花吸引了：深粉红色大花朵，层层重叠的花瓣，边缘有齿，裹着白色的蕊，聚成伞型，仿佛一把把粉红色的小油纸伞。看她俏不争春，默默奉献的样子我真喜欢。"小姐，这叫什么花？""康乃馨。""她就是康乃馨？！"我吃惊道。大有早闻其名，未见其人之憾。我对她的认识只是在文学作品中。"小姐帮我选八朵。""凑个整数，十朵吧？""好吧。"反正这地方的花太便宜。每枝六角钱。据说他们在学什么地方的"精神农业"，市场经济真好，我由衷地感叹。

回到饭店，我洗了一个玻璃杯当花瓶，插好摆在床头柜上，微黄的床头灯映着康乃馨，层层叠叠厚重而平和的花瓣散出醉人的幽香，房间里弥漫着爱的温馨，那含蓄之美，那悲也默默、喜也默默、荣辱不惊的风度，令我钦佩，我不知道康乃馨象征什么，我只知道我喜欢她。

后来，我问友人，康乃馨象征什么？有的说表示爱情，在台湾每逢情人节，一枝康乃馨要几千台币；有的说象征母爱，是送给母亲的花，母亲节很难买到。他们各抒己见，我放心不下打开笔记本印着"花之语"的扉页，仔细阅读。

康乃馨——啊，可怜的心。

我非常失望，这么美丽的花带给人的是温馨、爱慕，怎么会可怜呢？我甚至怀疑是印本子人的责任事故，印错了。静了一会儿，心中又泛起可怜之意，我将要步入中年才知道爱花、赏花、买花（生平第一次），似乎对不起我们这个"被薜荔兮带女萝"的民族。

夜里，窗外的雨不时地敲打着玻璃，一夜枕上听雨，辗转不能成寐。又有多少落花在秋风秋雨中寻找自己的归宿。我轻轻吟着"落花犹自舞，扫后更闻香。"李义山只用十个字便刻画出落花形象的美好和高洁的品格，可见义山的心和落花是相通的。

回到家中，放下行装，先把我带回来的康乃馨插好摆在床头。未去洗理，打开书柜找出《辞海》，我那打破砂锅问到底的老毛病又犯了，我要弄清楚康乃馨到底是什么花。《辞海》释：康乃馨即"香石竹"。石竹科。多年生草本。茎质坚硬、节膨大。叶厚，线形，对生。花单生或成聚伞花序。花朵大，具芳香；花瓣不规则，边缘有齿，单瓣或重瓣……

《辞海》的解释，只是对康乃馨外形的定义。康乃馨的内涵究竟是什么呢？我必须自己回答，她——美，爱，奉献，永恒。

有人说花无百日红，而康乃馨在我心中永不凋谢。即使《辞海》意义上的康乃馨凋谢了，那一片片的花瓣仍落在我的心中，融进我的血液，在我生命中散发着爱的幽香。

1994年12月7日发表于《海南日报》文艺副刊

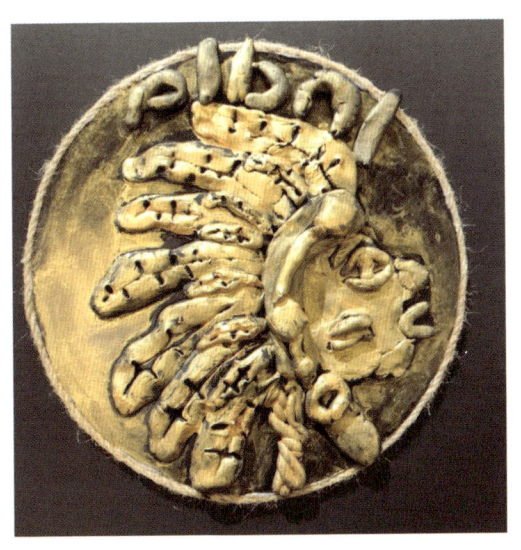

丰子安七岁作品。

斯蒂文

斯蒂文是我的美国友人，西方哲学博士。我们约好他教我英语，我教他汉语，每周分别上两次课。斯蒂文人如其名，性格斯文，说话声轻，不那么抑扬顿挫，动作幅度也小，但高兴时那张线条分明的脸表情非常丰富。有时惊奇地睁着蓝色的大眼睛，有时紧锁眉头迷惑不解，有时高兴起来眼睛闪烁着蓝色光芒。他不修边幅，穿着随便，到膝盖的长布短裤，棉T恤，布凉鞋，他时常专注地捧着本书坐在图书馆一角，很不被人注意。

斯蒂文的目的很明确，学哲学的在美国很难找到工作。看来"重理轻文"是世界性的问题。他来中国一方面学汉语，一方面教英文。他精通法、德、西班牙等几国语言。

开始和斯蒂文交往是他来我办公室，我教他汉语，热情的同事看到他都想说几句英语，他有时说一两句，有时干脆不吭声，我心里不舒服，觉得他不给我面子，连续几次，才知道他是怕浪费学习时间。同事说他太呆，我倒欣赏他不"侃大山"的习惯。斯蒂文来海南一年就能用汉语与我简单交谈了。

轮到他教我学英语，我总是英文不会讲，就讲汉语，他同样不许我讲汉语，有时问他一些美国文化方面的问题，他说现在是学英语时间（因我的英语有限，只能用汉语交流），其他免谈。

他的规范性习惯令我敬佩，应了中国那句老话："没有规矩，哪成方圆。"

有一次讲一篇英语课文，他说："我们美国习惯不叫哥哥、姐姐、老师，叫名字，因为人是平等的，没有老大老二的区分……"他边说边竖起大拇指。我不以为然，脱口而出："不礼貌。"他一着急连说了三个"No"，严肃认真地解释："是习惯，不是不礼貌。"

还有一次，课文中有一个单词torrential rain（暴雨），他兴趣大来，闪动着蓝色的大眼睛说："It rains cats and dogs. 我们美国人非常喜欢这么说。"他的表情异常兴奋，并看着我渴望能得到共鸣，我一脸茫然，情不自禁地模仿着他时常疑问的神态，抬高双眉，睁大眼睛，耸着双肩问道："How can dogs and cats drop from the sky？"我不解，下雨会把猫和狗从天上掉下来？

我们俩讲了好一会儿，还是讲不通，只好尊重彼此的习惯，遗憾地结束了这个本应有趣的话题。

事后，我常想起这句英语，长时间的接触、交流，斯蒂文对我的影响只是外在的，我可以模仿他说话的动作、手势、表情举止，但语言、思维及中西文化是不可能融为一体的，再说任何一个民族失去了自己本民族的文化传统，也就不会对人类有所贡献。的确，没有民族性就没有世界性。中西方不同的语言符号，决定了不同的思维方式，它们用不同的方式，不同的颜色开着不同的文化之花，共同点缀着世界。

1995年7月17日发表于《海南日报》

美国的月亮

在国内时,时常听人说:"美国的月亮又大又圆。"当我坐在洛杉矶太平洋海岸,徐徐海风拂面而过,借着月光看着无边无际的大海,我首先想知道哪个方位是中国。不知是地理纬度还是环境保护的缘故,美国的月亮的确又大又圆,为了考察美国的月亮,凡是晚上在路上、在校园、在车上,我都要欣赏美国的月亮。

在美国开长途车是一种享受,美国的基础设施好,州际高速发达。有一次我们几个同学驾车去路易斯安那州,领略着异国他乡的山川、河流、清风、明月,别有一番情趣。我守着车窗几乎看了半夜的月亮,月亮在片片云朵里漫游,不断变换着,蓝月亮、黄月亮、红月亮、白月亮,无论怎样我都感觉不如中国的月亮。美国月亮的确很美,我看起来却苍白无力,赏月只能唤起我的思乡之情。我不能忘却天涯海角的皓月;我不能忘却我曾经拥抱着世界上最美的海南的月;我不能忘却在月夜里友人们伴着椰风喝着清茶谈古论今;我不能忘却中国知识分子"先天下之忧而忧,后天下之乐而乐"的美好情怀,与"士为知己者死"的侠骨赤心。我总是为我们这个民族的睿智而感到自豪,中国月亮是中国历代文豪用他们的才智灌注而成,因而中国月亮具有更强的生命力。或许美国月亮也同样记载了他们的思想家、文学家、敬业者以及不朽的感人爱情故事,但我还是觉得中国的月亮亲切美丽,因为中国月亮是属于我的,它记载了我们中华民族几千年的兴衰史,几千年的政治家、思想家、哲学家和文人墨客望月兴叹之情怀。

我在美国的教育哲学教授曾经告诉我们:"文化是一个民族一代传给一代的生活习惯。"中外学者关于文化的定义很多,而我认为文化流淌在每个民族的血液之中,用嘴讲出来,用文字写出来的文化都与血液中流淌的文化有一定距离,只能是每一个人用生命去体悟。或许,读书人更重视生命的存在与存在感受吧。我去美国只是为了游学,只是想感受西方世界的文化到底是什么样,去了解,去体验。如果为了物质享受定居美国,我知道那将是我终身的遗憾。

月亮在树梢上慢慢移动,我靠在车窗上,想着黄河边上的银月亮,还有那不能抹去的天涯之月,想着想着就睡着了……

1996 年 7 月

美国阿肯色州科技大学宿舍

我在美国过年

在美国，过年时更能感受到自己是一个外国人。

我在美国的第一个年是在洛杉矶过的，因为时差14个小时，前一天，我就算好了中国大年三十夜里12点，准备在那时给亲人拨电话拜年。晚上临睡前上好闹钟，挂念着看中央电视台的春节晚会，人有时候的感觉是说不清的，我在美国看到中国的电视节目倍感亲切，不像往年在国内看电视时那样挑剔。大年初一那天，洛杉矶飘着细细的小雨，早上起来，我穿上早已备好的红色旗袍裙，漫无目的地向东方走去，远方有一座青山，据说叫"圣盖博山"，我不禁想起我的故乡——贺兰山。我沿着宽阔笔直的马路，想着亲人，想着女儿，想着中国，泪水不禁夺眶而出……

在国内也时常有这样或那样的茫然。但是真离开养育你的祖国和亲人朋友，踏进异国的土地，那种孤寂、方便又有秩序的异国生活会让一个赤诚爱着自己祖国和亲人的人发疯，这就是我在美国两年的最深感受，也是我最终回到祖国的原因。

初一下午，我邀请了语言学院的两位中国同学和一位美国老师一起包饺子，这位美国老师能讲一口流利的中文，是一位印第安人的后裔，长得有些像中国的蒙古族人，黑色头发，棕色皮肤。我时常与美国友人开玩笑："你们真正的祖先是中国的蒙古族人。"在美国的确有这种说法：美国的原住民印第安人是来自中国的蒙古族人。他在沈阳大学教过几年书，中国情结很深，每遇到过中国节日他都不忘给沈阳的女友寄礼品。有一次过中秋节，他特意跑到华人商店买了一大盒月饼寄给女友，还问我这礼物是不是太少！

我们边吃饺子边闲聊，我给他们讲"年怪"的故事。过年放鞭炮，就是为了吓"年怪"，他傻傻地睁大眼，说："有趣的中国。"

我们几个人又说又笑，讲讲美国又讲讲中国，还算热闹。晚上送走他们，我又驾车去华人区看看，华人还是按照自己的习俗过年：对联，灯笼，烧香，祭祀，但是没有鞭炮声。

然后，一人回到房间看墙上友人为我书写的"菠萝密多心经"，我又盘算着什么时候能回到我的祖国，和女儿一起数着，争着，撑着肚皮笑着找有钱的饺子……

1998年2月发表于《中国档案报》

归来

今年,北京的天气有点像南方,入夏以来几乎天天有雨,雨让人回忆,让人思考。记得在美国阿肯色州的科技大学校园的绿色草坪上,同学们拿着用心血和汗水写成的学位证书,各自喜形于色,狂欢着把硕士帽抛向蔚蓝的天空,托白云把它带回给我的祖国和久别的亲人。

毕业前夕,友人们再三叮咛我慎重考虑是否留在美国。是否在美国定居这个问题,当我一踏上美国的洛杉矶机场,我就开始了对自己、对人生进行再次思考与抉择。每每遇见老华侨和留学生,我都直言不讳地问他们在美国的感受。归纳起来不外乎文明、干净、舒适和方便的高品质生活,但精神的痛苦,思国思乡、终身的漂泊感、文化差异等永远也不能摆脱。

我反复问自己:你这一生最需要的是什么?哪里能更好实现自我价值?我能忍受得了漂泊与无法倾诉的孤独感吗?在美国每过圣诞节和外国师友们在一起欢度平安夜时,吃着美国人精心制作的甜点,唱着圣歌,我总觉得自己像是一个旁观者,一个欣赏者,像是在看话剧,心里却想着春节,想着一家人围在一起吃热气腾腾的饺子，有说有笑地评论着春节晚会，偶尔也犯犯规放些花炮。我和几位台湾同学喝着可乐吃着火鸡讲的都是中国春节的习俗，挽起手唱着《祝福》，泪水潸然而下，我们默默地祝福远在大洋彼岸的亲人年年快乐，岁岁平安。

当我站在密西西比河畔时，脑海里却浮现着那养育我的黄河，深深地刻在我童年记忆中的黄河岸边的野鸭、水鸟和富有诗意的芦苇；当我参观美国的纽约博物馆时，站在他们从中国连同墙壁一起铲去的古代大型壁画前发呆很久，看见中国商朝的"张家刀""张家枕"和夏朝的陶器心潮澎湃。耻辱，中国人的耻辱。我不禁脱口而出"腐败无能的清政府"。我身旁的台湾同学劝我说："就当它是世界文化遗产吧。"博物馆的美国保安在我身边转来转去，他或许能从我的眼神中看出我的遗憾、留恋和不舍，但是他永远不能明白我的情怀，我的中国心。

每个人都在追求生命的价值和意义，但每个人对生命价值和意义的理解却又不一样，我认为我的生命价值和意义只有在我不能割舍的中国才能实现。在取得硕士学位的第二天，我告别了美丽的校园，乘坐东方航空公司的飞机踏上了我自己选择的回家的路。

屈指算来，我回国已经快一年了，走进国家档案局的灰色大楼，中央档案馆更像是一座在绿树和鲜花环绕下的研究院。这里的建筑风格并不华丽，却让人肃然起敬，几个月的工作感受，这里的人们从不虚伪，正直、务实，同时也伴着一丝清贫。这里的人们兢兢业业的敬业精神感动着我，他们的人格魅力吸引着我。

我只是一位普通的留学生，回国之后感受到了各种关怀，不知怎样报答，只有勤奋工作，以谢大家对我的厚爱。

望着窗外扬扬洒洒的细雨，我不禁露出笑容。女儿惊异地问我："妈，你在笑什么？"我说："我第一次发现我很聪明。"女儿不解，用她纯真的目光看着我。"睡吧，明天我要早起上班呢！"工作是很美丽的……

1998年夏天

丰子康四岁作品。

往事

年轻时，经常觉得回忆是属于老年人的事，实际不然。随着时光的推移，世事的变迁，每个人在生命的旅程中总难免喘喘气、歇歇脚，回忆一下往事，抹去心头悲伤或高兴的泪水之后再鼓鼓劲往前走。人生不外乎事业、爱情与家庭，不知是人到中年之缘，还是身心疲惫之故，我越来越喜欢回忆往事。

十几年前，每到秋的季节，我就开始忙着为我们的小家储存大白菜、大葱、蒜头、土豆，做西红柿酱，外加一只羊过冬，不厌其烦地与菜农讲价。那么好的大白菜，菜农开价说三分钱一斤，我一定要讲到两分钱才肯买。一买就是满满一推车，回家洗了晾干，煮一大锅花椒水加上咸盐。再到处找建筑工地，找能压咸菜的石头，那种又圆润又漂亮的石头，它的标准就是光滑，不能掉小石粒，大小要适中。放酸菜缸的房间不能太热，放在后阳台最好。

做西红柿酱别有一番情趣。买回又大又红的西红柿，先用开水将皮剥去，再煮成糊状，把早已准备好的医用葡萄糖瓶子洗干净，把粥样的西红柿装进瓶子里，给瓶子塞上插上排气针头，在火上蒸30分钟,这一冬天都能吃到西红柿酱拌的面、西红柿炒鸡蛋、西红柿鸡蛋汤。时至今日,我每看到葡萄糖瓶,条件反射就是想拿回家做西红柿酱。在美国上学时,老师让用英文写作文,题目是《你会制造什么?》。我非常轻松地写了如何制作西红柿酱,老师看了之后在全班朗读,她睁大蓝眼睛,说她早已听说过中国人聪明,但没想到这么聪明,会自制罐头。

　　面对大海,每到秋天来临,我总是有点淡淡的忧思和惆怅,想念中国的北方,更想念秋风落叶的秋天和那实实在在的北方人。海南岛青山绿水,四季如春,插一根筷子都能开花,我不知道为什么还是留恋北方。或许,不只是因为这表面的生活和季节的原因吧,随着经济大潮的来临,去海南岛的北方人都在变化着,不仅是着装、生活习惯、饮食习惯,思想观念及价值标准也在变化。人们忙着吃饭、唱卡拉OK、拉关系,忙着炒房子、炒股票、挣钱,为了物质生活的改善,每个人都躁动不安,家已完全不像北方的家那么宁静。干"事业"的先生最好把太太留在北方,或有钱后放到国外,家已经不是传统意义上的血缘组织、人生的避风港,家变成了一个具有商业行为的利益机构,老婆的责任是拿钱看好孩子,丈夫的一切行为包括找三陪小姐都是正常的工作行为,无权过问……

　　我时常在想当我们有了钱或者我们的地位改变之后,我们应该怎样继续做人,不能只为了钱,不能只因有了钱就不会做人了,变成四不像。

　　时代变迁,随着物质文明的提升,更应该珍惜精神文明,有了更高品位的生活,做人也应更有品位。

看着满树似灯笼的石榴树,闻到满胡同扑鼻而来的槐花香,我终于又回到了北方的秋天。

1999年秋

丰子安六岁作品。

选择

人的一生面临着许多选择，无论是爱情、婚姻还是事业。每个人的选择都有自己的价值判断和取向。遇到歧路时做出的选择看似偶然，实为必然。每一次的选择都是学识、信念、思维方式综合的结果。

市场经济的浪潮给了知识分子又一次重大的选择机会。有放弃教书匠生活，彻底"下海"的；有一条腿在学校一条腿在海边的；有伴着一箪食一瓢饮耐于寂寞潜在书斋的。无论做出什么样的选择都无可非议，因为那是你自己的选择，选择就意味着承担，哪怕是粉身碎骨，哪怕是寂寞终身。

西方存在主义哲学家萨特曾说过，在任何情况下你都可以有选择的自由。比如别人鞭打你时你可以选择哭与不哭，但你必须承担你的选择。至今我不能怜悯那些怨天尤人的人，即使你在痛苦地徘徊，那也是一种选择，是你选择了徘徊。说到选择，我想起德国的三位学者在国难时的选择。法国大革命时，拿破仑率军攻打德国，战火纷飞的耶拿城将被攻破，歌德这位以《浮士德》闻名世界的伟大诗人，以诗人气魄站在城堡上欣赏战争的雄伟壮观；伟大的哲学家黑格尔却潜心在书房里写他的《精神现象学》的最后一章，哲学家的冷静与理智令我嘘唏。后来黑格尔在给友人的信中说，他看到了骑在白马上的（拿破仑）绝对精神；当拿破仑军队占领柏林时，以《人的使命》等著作述说着自己的哲学见解，在德国古典哲学发展史上起承前启后作用的费希特则放下手中的笔，四处演讲，激发人民的爱国心，为国事奔波，号召人民站起来反侵略。

选择了你就必须承担，承担你的选择，承担你的责任，承担你的痛苦。身为教授就必须著书立说，教育学生；身为商人你就必须创造经济效益。每个人都懂得了选择与承担，才能真正承担自由。

1999年9月9日发表于《中国档案报》

丰子安六岁半作品。

我们这个家

我边写边流泪,刚好康康睡觉了。我们这个家特别有味道,爸爸正直,妈妈善良,兄妹互让,爸爸教育我们:"大让小,小尊大。"大姐做饭洗衣,用她微弱的力量护着我们,的确是好大姐。好了,不写了,真的留恋我们的大家。

小时候哥哥姐姐都让我,人非草木,怎能无情?在家我吃得最好、穿得最好,还不干活。记得初中我就穿的确良和的卡衣服,一件十几块钱,老爸省下全家人的饭钱,灵武没有,还是小韩回广州给我买的。

老妈为了我们更是吃尽了苦,一个多病的老公,四个娃,特别是粮食紧缺时两个能吃的男娃。老妈的确坚强,跌断了骨头,站起来打临时工养活我们。犯了癫痫病,只要稍喘口气,又站起来给我们做饭。过年烧开水用大盆洗被子时被烫伤了还扫房、炸油饼。她用柔弱的肩膀扛起一个家,给了我们童年的快乐和幸福,每想到这些我都热泪盈眶。

2017 年 1 月

生命的感知

撕下台历的最后一页,突然觉得沉甸甸的,又是一年,我情不自禁地自语。端详着这最后一页日历,仿佛看到时光从身边悄悄溜走,我思绪万千,惋惜之中,悟出一个道理,现在是过去的积累,而积累非一朝一日而成;例如:沙化严重,环境污染,是几十年乱砍乱伐造成的,因此,当问题形成后,自然不会迅速解决。我们对未来常有巨大的影响力,常言道:"种瓜得瓜,种豆得豆。"你希望在未来得到什么,看你现在怎么干。

古往今来,多少民族都是把握现在,通过积累,创建了光辉灿烂的文化;多少帝国建立起威武雄强的霸业!从早期尼罗河畔的古埃及文明、中南美洲的玛雅文明、幼发拉底河与底格里斯河之间的巴比伦文明、印度河文明、黄河的华夏文明、克里特海洋文明,古希腊、古罗马,这一个个文明,一个个霸业,留下了什么呢?在时间的冲刷之下,古埃及只剩下几座金字塔,克里特文明则仅见一些大石头了。但是注入在各民族血液中的文化却没有丢失,这就是时光的价值,它需要生命去感知,去体现,才有意义。

生命中对美感的判断，往往决定了许多事。当你面对一朵娇含露珠的蓓蕾，一片晶莹无瑕的雪花，一抹天边的彩霞，一群归巢的晚雁，你总想让时光多停留一会儿，但生命的意义远比彩霞和晚雁丰富得多，用善良和美好去感知生命，去理解人生，珍惜生命，珍惜每一天，善待自己，善待别人，把握现在。未来是现在的积累，让我们与未来订一个美好的约会。

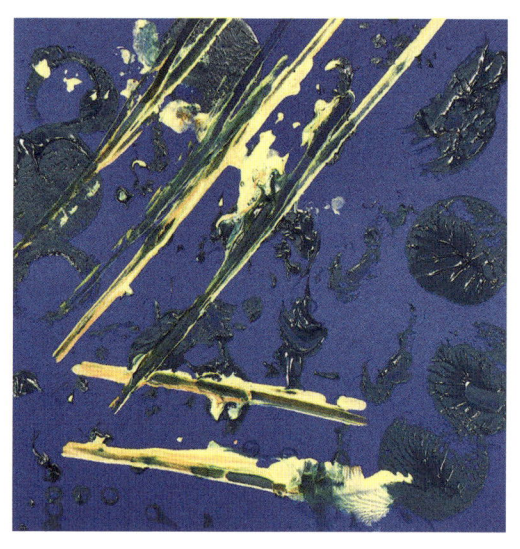

丰子康四岁作品。

麻博士与酒吧女
（小小说）

旋转的霓虹灯或红或青，闪闪烁烁，歌声阵阵，听得出每个人都是用心在唱。烟雾缭绕，看不清每一张真实的面孔。阴冷的空调微带着低沉的嗡嗡响声。麻博士顿时遐想，空调的冷气味是什么？如时间，如尘埃，如众人。空调冷气味的形象是什么？如雪花悄悄掉进地窖，如秋天的黄叶纷纷坠落，飘呀，落呀，落入虚无，化作尘土。今夜，麻博士几乎用手摸见了空调的冷气味。

一阵"喝！喝！"的呼喊声，打断了麻博士的遐想。李老板举着白色玻璃的高脚杯说道："感情深一口闷。"大家勇敢地仰起脖子，同时一口气进去了半杯酒。麻博士轻轻抿了一点，八字眉和眼镜快要掉下来，端着酒杯认真地说："喝XO要加冰块，慢慢品尝。"

"你们知识分子就是太斯文，难怪人家说傻得像博士，穷得像教授。什么埃！克！斯！欧！？我们就叫叉圈，多么逼真，大众接受快。一口干，是中国喝法，这叫中西结合。"李老板博学地侃侃而谈。

"啊？！嗯！"麻博士愣了。

"喝！喝！喝！"又是一阵劝酒声。

李老板滔滔不绝："对女人，是留钱不留情，少惹麻烦；对家庭，喜新不厌旧，家庭和睦；对钱，花完再挣，会花钱才会挣钱。人生不能活得认真……"

今晚，李老板原本是请麻博士策划公司形象的，此时，只有靓女和美酒。麻博士的存在已被遗忘。麻博士无奈，用食指蘸着茶水，在茶几上画起螃蟹来，正面看不见，只有斜角45度时才能看得见，栩栩如生。

穿着白色透明纱裙的吧女，殷勤地忙碌着。据说陪客坐一小时即能挣百元钱。如果小姐趁势再推销成功一瓶价值几千元的XO酒，娇声娇气劝客同饮，将会拿到更多的提成和小费。

麻博士看着这些过分亲热的小姐很不习惯。

她们年轻、漂亮，干什么不好？麻博士越想越觉得是个问题。他环视歌厅一圈，发现吧台里有位聪颖、丽质的小姐，整齐的直发，服饰很得体，并不媚艳，他向吧台走去。

"先生，请问你想喝点什么？"

"谢谢，不要。想与你聊天，可以吗？"

"可以。"她面带微笑。

"你为什么当酒吧小姐？"

"莫名其妙！你一定是刚上岛。"

"什么？！我莫名其妙？"

他们对视着，表情带着同样的迷惑，眼光似乎在看一个外星来人。他们是同种语言，但此时却感到言语不通。

麻博士感觉到自己过于直率，便道歉："对不起！我不是那个意思，我认为很可惜……你上过大学吗？"

"S市外语学院毕业的。"她不以为然。

"为什么不找一个好工作，要做酒吧小姐？"

"第一我没关系，第二我需要钱。"她说得简单、轻松，一点也不激动。

"S市也可以做，为什么跑这么远？"

"那里有亲人、同学、老师……他们会束缚我。只有在这里我才是自由的。没办法，人们都生活在自己的观念之中。"

"嗯？！嗯！"

麻博士用手推了推掉下来的眼镜，眉毛越是抬高，八字眉愈加撇了下来。他想到自己是哲学博士，哲学只处理观念领域的问题，但他知道哲学家并不生活在观念世界中。

麦克风又传来一位先生唱着的台湾歌曲《水手》，"他说风雨中，这点痛算什么，擦干泪不要怕，至少我们还有梦……"卡拉OK被港台歌曲占领着，现在青年遇上困难或不顺心的事就唱这首歌，不像他年轻时喊唱着："下定决心，不怕牺牲。排除万难，去争取胜利。"

酒吧小姐不停地应酬客人，又被人请去跳舞，脸挨着脸，这就是贴面舞吧。他越看越觉得酒吧小姐眼神里露着淡淡的忧伤，不像她说要钱时那样轻松，那样喜悦。唉，谁又没有苦闷？谁又没有忧伤？谁又没有无奈呢？他又觉自己荒唐。

又过了几小时，已是午夜，李老板让司机开车送麻博士回学校。那位聊天的酒吧小姐走过来,像是在背台词的语气对别人说:"欢迎下次再来。"最后转过身:"先生,你很快会适应新环境的,如果不是,你会有无止境的痛苦。祝你一夜平安!"酒吧小姐像一个预言家,仿佛只有她才知道人是什么。

"什么?!噢!再见!"麻博士疑惑,怎样才算适应新环境?

麻博士坐在车上,在想酒吧女,XO,鲜花,自由,观念,存在,有为与无为……

酒吧女拥抱着梦幻般的霓虹灯,在想怎样才能更多地享受生活,钱,漂亮衣服,进口化妆品,怎样使自己更有诱惑力,把老板口袋里的钱换个地方。

路漫漫,车子伸向黑暗,深入城市。过桥时,麻博士在月光下看见河枯了,露着几洼浅浅的水。河床被月光照得发出凄凉的青光。车外寂静,今夜比往常更静。荒漠沧海,沧海荒漠,悠然飘过他身旁。还有那衬着星空正在建造的摩天大楼。

麻博士下了汽车,静寂笼罩着自己,他迈着若有所思的步子上下求索,在寂静中寻找生活的真谛。

夜茫茫。月亮悄悄走了,星光渐渐远去。椰风迟迟,街上静极了,一切虚无,彻夜如此。

我是谁?明天我在哪里?

麻博士又在遐想……

2000年1月10日发表于《中国档案报》

在生命的风景线上

李向罡散文集《风信子》伴着轻柔的春风问世了。

初识向罡是在《中国档案报》上,不难看出她是对生活充满热爱的女人。

她开朗豁达、个性突出,无论是酷夏还是严冬,她都穿着裙装,迈着轻盈的小快步,似乎在追赶时间,那劲头是要把时间用足、用满,最好是一天当两天用,赚时间一把。这使我想起现代德国哲学家海德格尔对时间的解读,他说,时间只有我们把它用满了才是时间,否则只是物理概念,从何时到何时,只是测量时间的长短。古希腊哲学家亚里士多德也认为,时间就是其中发生着事件的东西。

向罡就是这样占足了时间便宜的聪明女人,她右手提着档案业务、文件、报告、论文,左手拎着散文、随笔、外语、乐器、绘画,多么让人羡慕的女人。

我不敢说向罡有多么深刻的思想、多么超凡的才华,但是她勤奋好学、正直善良、淡泊名利、充满自我,的确是值得我们敬佩和学习的。正如她在"个性走笔"一文中写道:"人要活出自己的风格和品位，就必须懂得这样一个道理，滋润别人，就是滋润自己；成全别人，就是成全自己；伤害别人，就是伤害了自己。"向罡是这样想的，也是这样做的。

打开向罡的《风信子》，一股温馨典雅的书香扑鼻而来，书是自己写的，画是自己绘的，看来这些本领不是一时半会儿能练就的，这本小集子倾注了向罡的汗水和勤奋，当然，我全能领悟到，她乐在其中。

向罡的散文、随笔大多都是诞生在《中国档案报》副刊上的，作为档案界的一员，我也庆幸并感谢"档案报"的编辑伯乐，从某种意义上讲，是《中国档案报》培养了向罡这位档案界的女作家。同时，我也期待我们档案界有更多更好的文章和作家出现。

孔子说："君子不器。"向罡就是这样不只有一艺一才。在生命的风景线上，精心捡拾一路的繁花绿草，镶嵌在自己的文章里。她用文章来书写自己的情怀，这些文章也是她心灵的告白。这很重要，生命的记录，会比生活本身更值得珍惜。

学无止境，在新的世纪，我们等待向罡功夫更高，不仅把文字掰开了、揉碎了，大珠小珠落玉盘，还能对生命的理解更加深厚。用鲜花点染时间的神韵，替风景绘上斑斓的色彩，在生命的风景线上写出更加耐人回味的好文章。

2001年3月15日发表于《中国档案报》副刊

思华年

在中国古代诗人中,我最喜欢的还是李商隐,虽说学界对李商隐的诗定位不一,有人说李商隐的诗是政治诗,也有人说是爱情诗,我却认为他的诗是中国朦胧诗的代表。

李商隐(813—858),字义山,号玉溪生,怀州河内(今河南沁阳)人。本系唐朝宗室,但到他这代流落地方,他的父亲曾担任过河南一个小县令,后来到江南一带替人做幕僚,在李商隐九岁时,他父亲病逝江南。李商隐的童年是不幸的,很早就开始尝到人生的苦涩滋味,他靠给别人抄写文章来维持生活。生活在逆境中的孩子,格外知道上进,李商隐描述他幼年读书用功的程度,可用"引锥刺股"来形容。因此,他十六岁学问便已小成。现在还能看到他十六岁左右写的《陈后宫》《富平少侯》等诗,格调老苍,不难看出他此时已具有伟大诗人的雏形了。

> 锦瑟无端五十弦,一弦一柱思华年。
> 庄生晓梦迷蝴蝶,望帝春心托杜鹃。
> 沧海月明珠有泪,蓝田日暖玉生烟。

此情可待成追忆，只是当时已惘然。

这是唐朝诗人李商隐的代表作《锦瑟》。这首诗描写诗人看见"锦瑟"这种乐器，而想起的绮年旧事。诗句华丽，给人一种漂泊苍凉之美，读起来让人惆怅不已。

历代诗人都说不清李商隐这首《锦瑟》到底想说什么，也无人清楚地界定它是政治诗还是爱情诗。梁启超曾经坦诚地说过，他也不清楚诗意，要让他解释一句也解释不出，但就觉得很美。我们无法知道一千多年前李商隐的年华到底怎样，但李商隐的诗的确读起来有一种烟水迷离之美，达到了空谷幽兰之香的境界。

李商隐的诗中，经常出现的意象是"歧路"。人常在走路时碰到叉岔路，人生的道路也有许多岔路。碰上岔路，就必须做一次抉择，否则无法前进。他一生徘徊在仕与隐、政治与爱情之间，又冲不破命运与人生的无奈，所以他的诗最感人的地方，就是显示了一个人在生命流转中承受煎熬的历程。他对人生非常眷恋。

人生有两种状况。一种是自己无法做主，只能任凭命运摆布，例如人出生在何时何地，只能是被决定的，自己不能选择。但有时候自己也能做点决定，做些选择。

李商隐对人生太过有情，以致触景伤感，如他在《暮秋游曲江》一诗中写道：

荷叶生时春恨生，荷叶枯时秋恨成。
深知身在情长在，怅望江头江水声。

这首诗表明李商隐对待人生的态度。重情，却无奈！这是诗人第一次如此深刻地感受人生,第一次生动地表达对人生的深情与无奈。而且,是幽细地、寂寞地、清冷地、惆怅地品味这种深情与无奈。只要对人生有所感触的人,无不被他吸引。他那种人生"重吟细把"品味的态度,也带出一种怀旧忆往的气氛,重吟细把,而又发现人生"真无奈",更会让人感伤。

例如他在《嫦娥》一诗中写道:

> 云母屏风烛影深,长河渐落晓星沉。
> 嫦娥应悔偷灵药,碧海青天夜夜心。

在沉静、寂寞之中,重吟细把,华年往事,触绪纷来,回首检点人生的是是非非,碧海青天,可能含有许多伤痛、悔黯,以及怅惘。这种心情、这种气氛,使李商隐的诗格外迷人。我们读他的诗,往往觉得朦胧,无法确指它的涵义,或许是因为他生活在迷离、飘忽无奈的环境之中的缘故吧。

2001 年 8 月发表于《中国档案报》

黄叶村的遐想

初冬的一天,渐渐沥沥下着小雨,整座香山被烟雨笼罩着。我们踏着潮湿的落叶,走进了雨中的黄叶村。

曹雪芹先生中年在此居住。黄叶村是根据清代三位诗人对当时场景的描写而建成,有展馆,展有曹雪芹的诗、书、画稿等。小院清静而典雅,使我想起少年时代读《红楼梦》的情景,我从同学手里借了一本当时被视为"禁书"的《红楼梦》,晚上盖着被子打着手电筒偷读,读完后,只有一个感觉:黛玉太可怜了……

二读《红楼梦》是在参加工作以后,只记得书中的一些故事情节,当时还对书的内容进行了阶级分析……

三读《红楼梦》是我攻读中国哲学史研究生课程时,在听一位教授关于"中国文化的哲学、文学与美学"讲座之后,才稍悟出《红楼梦》一些悲剧的美感。至今记忆里还存留着当时的思考。我不知待我老年时再读《红楼梦》又会有什么新的认识和感触……

《红楼梦》一梦方甜,使那么多痴男怨女情迷意乱,使道学夫子忧心忡忡，更使许多人读梦、补梦、圆梦、幻梦、复梦、重梦……梦兮惚兮，梦中说梦。

《红楼梦》为什么能有这么大的魅力和魔力呢？老实讲《红楼梦》问世这几百年来，它的地位和价值并不是没有遭到挑战。有些人读之不能终卷，有些人觉得它琐碎、繁杂，对它叙述的内容，觉得朦胧模糊，无从索解。然而，它仍然是这几百年间最令人着迷的文学作品。物换星移、云翻雨覆中《红楼梦》还散放着奇光异彩，仅仅这一点，就很了不起。更奇怪的是，围绕《红楼梦》的谜团很多，红学专家争论了几百年，见仁见智——该书的作者是谁？主旨何在？它现存有十二种抄本，各不相同，差异甚大，批本状况也很乱，辨析考证，非常艰难。因此，整部《红楼梦》笼罩在一团迷雾之中，偏偏这团迷雾又以梦为名。

中国人的梦，有孔子梦坐两楹之间，有庄周梦蝶，有南柯一梦，有黄粱梦，有《西厢记》草桥惊梦……然而梦之奇，梦之妙，莫过于《红楼梦》。《红楼梦》以甄士隐夏日一梦开端，全书就是一场大梦，梦中又有无数小梦，环环相扣，成为梦的大观园。这或许就是中国哲学之美、王国维的"境界"文学之美学的精美再现吧？

走出烟雨蒙蒙的黄叶村，踏上撒满红叶的小径，我遐想着，或许雪芹先生也曾在这里踱步冥思，上下求索，或许根本，就没有或许……

2001年12月17日发表于《中国档案报》

月是故乡明

年轻时说起故乡，我只认生我养我的宁夏银川是我的故乡。二十八岁离开故乡后，从北到南，又出国读书两年，回到北京时三十七岁。每在一个地方住久了，临别时都难舍难分，哭得稀里哗啦。在美国小石城，毕业前我就买好了回国的机票，取得硕士学位的第二天告别老师和同学，好友和同学再三挽留我能否一起在美旅游半个月再回国。我盼了两年，想女儿快想疯了，一天也不能等。回来二十多年再没去过美国，前些年有机会去，但我还是选择去了欧洲国家，因为那里的文化底蕴浓郁，吸引着我。

20世纪90年代，我国与美国的差距的确较大，无论美国怎么先进，怎么好，你总觉得自己是个客人，是个外人。学文科的就是有点酸气，总是凭感觉。理科生比较适合那里，当时美国的实验室比我们的好，理科生钻进去一天不出来。中国学生勤奋吃苦，世界有名，80年代到90年代的留学生的确辛苦。现在的学生条件越来越好了。

回到北京一晃二十多年了，我离开她半个月就想回家。刚到北京，我买了一本年票，约二百元钱，上面有北京的各种博物馆和寺庙，关键票上有地址，每个周末我都游历北京，太美了，亲切的文化，熟悉的话语，美味的小吃。香山、颐和园常去，只是故宫去的太少，好像是五次。慢慢地，北京就成了我的家乡，我喜欢吃香椿鸡蛋、老北京炸酱面、臭豆腐，在崇文区工作时不仅走遍了前门大街前后的胡同，还学会了喝豆汁、吃焦圈加小咸菜（好像是腌制的芥菜疙瘩），还有爆肚、卤煮、火烧夹驴肉。不说了，夜深人静，馋了也没法出去吃。北京就是这样不仅有的看，还有的吃。京腔京韵更好听。20世纪90年代末，我还去听京剧，看人艺的话剧。后来，我就去国家大剧院看"芝加哥"和美国百老汇来演的《猫》和《歌剧魅影》，还常去听交响乐，最难忘的是人艺的《茶馆》和《等待戈多》。北京的文化生活深深吸引着我。

文化生活会影响人生，有时，我翻看自己的照片，照片里的自己有一股劲头，童年对人的影响或许是一生的，难怪老话说："三岁看大，七岁看老。"或许时代是无法跨越的。我不知阶级的烙印是否也是文化的烙印？我每看到友人穿长衫，四处奔波讲"四书五经"，讲古纸堆的故事，都感觉他们像孔子周游讲道。

综上所述，人不一定只有一个故乡，或许对穿长衫的人来说，故乡在他心里，对好男儿来说，故乡在他肩上。对我来说，故乡在我的日子里。

2019年6月8日

简单生活

家不在大,简约温馨就好。画不见得是名人作品,小外孙女的画更加亲切,令人很有成就感。

周日,早上醒来盘算着应该整理家了,需要购买一些货架存放两个小宝贝的画,这些画在我眼里比任何名人名画都珍贵。开始上网搜索离我家最近的宜家,在大兴的西红门,又开始搜从方庄地铁站如何乘地铁,从方庄乘14号地铁到北京南站转4号地铁到大兴区的西红门站下,约中午11点多到。一出站我傻了,地铁站直通超大的北京荟聚西红门购物中心,这么大的商场,真是刘姥姥进大观园了。我以为只是一个宜家,宜家只是其中一部分,但特别大,面积、服务管理及超大仓储绝不比美国的差,在我印象中"落后"的南城,基础设施建设、城市生活的方便程度,一点看不出落后。

我急忙拿起一只黄色大塑料袋,边走边选。沙发靠垫,一个39元,买了五个。两条纯棉的闲毯,一条粉色199元,一条蓝色149元。忍不住又买了4盆小绿植,每盆11.5元。因过敏不敢买鲜花,绿植也是鲜活的生命,它呼吸阳光和水,它能与我交流。一个放画的柜子288元,厨房放微波炉和锅的小铁架打折一个49元,买了两个。宜家不免费安装了,安装费160元,提货费20

元，安装费比我厨房的两个小铁柜还要贵。

购物舒适方便，走到沙发区，广播不停播放"请大家文明购物，不要久坐，影响他人选购"。许多人，不只是老人，年轻的，小孩子，都坐在沙发上，还有中年男子在按摩沙发上平躺着睡觉。凡是样品沙发都是旧的，我急忙走过，否则影响心情。边走边想，硬件这么好，"软件"怎么办？除了日常宣传教育外，精细化管理还大有可为。比如商场设计有休息区，能否设计些美观的座位。就像，摇车号能否尽量相对公平，先让无车户摇号，每个北京户口的家庭先有一辆汽车，是否有个时间排队等。别有的人命太好了，刚一个月夫妇两人都摇上了，买一辆，出租一辆，拼"运气"吧。过马路，有的地方人行道上待转弯车也走，没有红绿灯的地方车不让人，争分夺秒与人抢道，听说上海、江苏都是车让人，国际城市一定要国际化管理。又听说一个欧美学者组成的学术机构（GaWC），评估世界城市，北京排第四位。排名：伦敦、纽约、香港、北京、新加坡、上海。北京真的蛮拼的，做一个北京人也蛮自豪的。只是我们的精细管理和市民素质还有提高的空间。

人们在规矩中简约地生活，当我们追求简约生活，不仅是家居极简、饮食极简，人际交往、生活风格也要极简。

人的欲望是无穷的，而我们的生命是有限的，如何在有限的生命里安排心中的乾坤？东方人的哲学：一花一世界，一叶一菩提。

简单生活，往往记录了我们生命轨迹的丰厚底蕴。

2019年6月30日

莫奈、梵高、牛肉

清晨，又被鸟给吵醒，5点多。本不想理睬，一窝鸟，似乎在聚会，进进出出，好一个热闹。心想，你叫几声也就罢了，但它们打来打去，动静太大了。只好早起去赶早市，听说龙潭早市菜品丰富、新鲜。进龙潭公园西边小路，二百米左右从西门出去就是早市。早市应有尽有，买了带鱼、黄花鱼，两只鸽子，一斤基围虾，还有黄桃、小杏、蓝莓。想起，安安要吃牛肉面，又去卖牛肉的店铺，师傅问怎么吃？答酱牛肉。他认真地介绍，牛里脊、牛脑肉、牛腰肉等，分别是每斤32、34、36元，听起来像牛的解剖课。他说，"你信任我就听我的，我给你选。"我看着他，连说"信任，你帮我选三斤"。心想爱谁谁，不就是三斤牛肉嘛。

我买得迅速，约一小时完成任务，回家还要做饭。快出门口，又看到葡萄，买了两斤，小女孩说50元，我伸手从包里摸了一会儿，只有40元，我说手机微信支付吧。早上出门带了500元钱，花了460元，钱真不经花。又一想，还是比外面吃便宜

回到家忙着煲汤，红烧黄花鱼，白灼虾，西红柿炒西兰花，蒜炒小白菜。忙到12点与安安、康康共进午餐，满满的幸福。

坐下来一想，如果让我天天买菜当厨娘，我一定会发飙啦，偶尔还行。生活不就是锅碗瓢盆交响曲吗？不填满肚子，哪有能力去创作，去享受精神生活。年轻人结婚时一定要想好谁天天买菜做饭。

吃完午饭，休息片刻，急忙叫车带两个小宝贝去天桥艺术中心看剧，法国艺术启蒙魔术剧《美术馆奇妙夜·星夜》，北京真是文化中心，大人小孩都有的看。进了剧院，才想起电饭锅里煮着牛肉，千万别失火。真想回家，安康不干，打电话问，说电饭锅定时会自动断电，虽然担心，我还是陪俩宝贝看了剧。剧从梵高的《星夜》驶入了神奇的美术馆，全剧就两个演员，女孩莉娜和美术馆管理员，将莫奈、达·芬奇、米开朗琪罗、康定斯基、王希孟等的画作《睡莲》《千里江山图》《清明上河图》作为背景道具，钢琴现场伴奏莫扎特、肖邦、德彪西、格里格等大师的乐章。法国真是艺术之都，3D技术让名画"活"起来，舞台上下联动，全是英文，小孩大多能听懂，北京的孩子难怪见识广。

剧情在莫扎特的钢琴曲中结束，康喊着还要看续集，我拉着俩孩子急忙往回赶。一进门，我直奔厨房，酱牛肉变成烤牛肉了，还好三分之二的肉还能吃。做了一锅土豆牛肉面，放少许西红柿。俩娃各吃了一碗，我虽累，但很有成就感。突然感觉怎么这么安静，推开小屋门一看，我家又搭起另一个舞台。只要安全，家乱算什么，我回到沙发，看着天花板的灯，在想，物质第一还是精神第一？是不是就像先有鸡还是先有蛋一样的问题。

2019年7月13日

宝贝们慢慢长大

每到周末陪俩宝贝学画我都很欣喜，很有收获感，能看到童趣的作品并能感受到孩子的世界。今年下半年，安说学校开选修课，她选了小提琴，一个班二十多个学生，老师顾不过来，进度慢，为了满足孩子的求知欲，我找到离家近的一对一辅导。弟弟康康看到架子鼓，一见钟情敲上了不离开，还告诉我"随便敲"，摇头晃脑有模有样。我劝道，学钢琴吧，家里有，他说："我喜欢摇滚乐，钢琴又不是，你非让我学。"这口气有点抗议的味道，我只好从了。按照我母亲的说法，养娃一个是养两个也是养，一起学吧。五十分钟一节课，一节240元，两个人480元。我说，以后周末上完课不许在外面吃饭，不许随意买玩具，特别是乐高。他俩都点头说好。没想到这俩宝贝说到做到，省下来的钱够他俩学乐器的一年费用，我觉得蛮值的。

孩子们在里面上课，我在想音乐与绘画的关系。孩子绘画若是有天赋，画什么都好看，但绘画本身当然是有学问的，结构、色彩的搭配等，每节课都能看到一点进步。而学小提琴和架子鼓可不是，小提琴从如何拿琴、夹琴、拿琴弓开始；架子鼓从如何拿三分之二下的鼓棒开始。两个人从学五线谱开始,经常讨论八分音符、十六分音符等,不能马上看见结果,这样也好,培养她们不能有点成绩就骄傲。

音乐与绘画作为艺术门类的"连理"学科,视听相通,音画互感。但又有不同,音乐与绘画从理论上来说是两种不相干的文艺形态,前者通过音响诉诸人的听觉器官,后者通过线条和色彩诉诸人的视觉器官,它们之间的通感主要表现为:听声类形,以耳为目,耳中见色,眼里闻声,画形无象,造响无声。

音乐既是听觉艺术又是时间艺术,还是动态艺术,它在一定的时间里以乐音和噪声的持续运动来表现自己,以音响在持续或间断的运动中体现着"以声表情""声情并茂"的艺术形象。音乐可以说是心灵的艺术,它通过音响来表达感情或形象,使欣赏者的心灵产生或震撼、或愉悦、或平静、或心潮澎湃等各种各样的感受,并以欣赏者在情绪上产生共鸣为己任。而绘画则是一种视觉意象,通过视觉感官,呈现为一种静态的和空间的形式,是一种静态艺术、空间艺术。音乐与绘画相互渗透,相互补充,共同使艺术表现更臻完美。

但愿宝贝们打好童子功,长大后能把音乐与绘画通过线条、色彩在时间和空间中完美贯通,形成自己独特的风格。

2019 年 11 月 10 日

获奖重要吗？

前些天，在网上看到有人议论村上春树为什么没有获得诺贝尔文学奖。我也好奇。这两年休假时我也读了几本村上的小说，小说文字像音乐般流畅优美，文学性很强，适合乘飞机、旅游时读。

我想起多年前轰动世界文坛的诺贝尔文学奖作品《百年孤独》，它是哥伦比亚作家加西亚·马尔克斯创作的长篇小说，也是拉丁美洲魔幻现实主义文学的代表作，被誉为"再现拉丁美洲历史社会图景的鸿篇巨著"。

作品描写了布恩迪亚家族七代人的传奇故事，以及加勒比海沿岸小镇马孔多的百年兴衰，反映了拉丁美洲一个世纪以来风云变幻的历史。青年时代对文学崇拜，买了一本来读，根本不能完全读懂，我不了解拉美国家的历史背景，更不懂神话、宗教，也记不住人名，没读完就摆在书柜里，至今都是一层尘土。所以我对诺奖也就越来越无所谓了。这个奖不只涉及语言翻译的问题，更反映文化、历史社会背景、生存环境的差异，还有不同生活习惯、宗教信仰，等等，但是有一点，诺奖的确是选出了一批深刻揭示历史、社会、人性、哲理厚重的作品。

文学应该是多元的，就像我国海派文化、以张恨水为代表的蝴蝶鸳鸯派、北方文学、黄土高原的文学，等等，每部作品都记录了一段历史，一段人生。

在被寒风刮走了的树叶中，我看着冬日的阳光，仰天长叹，获不获奖真的没那么重要，我休息时还会读村上的作品，它让我寻找到了那份有哲思的净美。当然我更敬仰托尔斯泰。《战争与和平》是一部史诗般的恢宏巨著，但是这个世界有几个托尔斯泰？

新的时代，就是一个"东方遇上西方"的时代，中国的作家如何摆脱浮躁，深刻体验我们的文化生活和情感，拥有更多更好的文学作品拥抱世界？

在留恋中告别金秋，去迎接冰雪年华，在漫天飞舞的雪花中拥有我们的"战争与和平"。

2019 年 11 月 26 日

三场雪

昨晚开始有朋友发来北京入冬以来的第一场雪,喜出望外。今早又有友人说去加班,一路白雪皑皑。终于等来了雪花,满是兴奋。

在我记忆里最难忘怀的有三场雪。儿时黄河边上的雪花,在无法跨越的黄河冰面上,芦苇在风中摇曳,一片白茫茫的世界,那时我在想这世界太大了,如何走到冰上的彼岸?不知摔了多少次,爬起来退回原点,只好坐车过去。或许这就是我懂事后的第一次妥协,向雄伟的母亲河妥协。现在想也不丢人,八九岁敢想过黄河,还是有点胆量,当然,那是无奈的选择,1969年的12月,父亲带着我们全家从银川搬到灵武,从此我知道了冰天雪地的含义。

第二场雪是我从美国留学回来,几位学界的友人约我去北大看雪,书生就是书生,赏雪去北大,那是我生来第一次走进我久仰的北大。傍晚,走进几位老教授的青砖四合院,门前的老枯树托着天空中的大月亮,我看呆了,一直看到脖子疼。教授家的书柜像中药柜,打开一看全是蓝色硬壳线装古籍,有几大墙装得很满。这就是中华文化，多少先贤历经磨难传承下来，我大开眼界。在雪花的陪伴中，我们去了未名湖，著名的"一塔湖涂"被白雪覆盖，世界是洁白的。我们在湖面上打雪仗，将幸福快乐留在未名湖的冰上，留在风花雪夜中。那是1997年的12月。

第三场难以忘怀的雪在前几年，周末京城下雪了，我对老伴说，今天小外孙们不来，我们去颐和园赏雪吧，我想雪花了。一大早，我们乘公交又转地铁10号线，到巴沟转小火车直达颐和园西门，特别方便，北京这些年地铁发展管理都很好。进了皇家园林还是不一样，空气清新，雪花片片落在万寿山和十七孔桥上，落在昆明湖里的雪静静融化在水中。在雪中漫步，我回到儿时，堆起了雪人，老伴边无奈帮我边说，衣服都湿了，别玩了。他的话语被风刮走，一直到天快黑了我们才到家。那好像是2016年的12月。

如果没有黄河，没有北大，没有颐和园，这雪花落在哪儿不都一样吗？

2019年11月30日

病后杂感

从医院回家,一看风信子开花了,满心欢喜。感谢我的领导和同事关怀,感谢我的医生朋友们,无法表示,只能写点体会。我想起在中直工委宣传部工作时的老部长,他教我说"写稿子一是要不怕写,二是要怕不写"。我的天啊!心里哆嗦,又不是写散文可以随意舒情怀。

这次进医院是因心脏乱跳,当时的确难以承受。等过了那个劲儿就不想做手术,哪怕手术再小。欧阳教授是从德国回来的我国心律失常心电专家,个子不高,不胖,但透着灵气和智慧。他幽默风趣地与我讨论病情,我也打破砂锅问到底。老伴见了专家便开始揭发,她晚上不睡觉写散文。欧阳教授说好啊!接着又说,我看你爱人很沉稳,我说,当然,他脉搏每分钟五十多次。欧阳教授说,他是运动员出身吗?我说不是。看来心跳是否过速一定与性格有关,急脾气的人易得。哈哈一片笑声,欧阳教授起身说,回家练习打坐吧。我不禁大笑,睡觉前都在想工作上的事怎么处理,没法子了才写几句,分散精力。打坐能静下心来吗?

或许是年龄不饶人,也或许我们的心超载了就会乱跳。

红阳四平八稳地说，坚持吃药治疗，他四十多岁，一身道家气质。

医生朋友被我追问得烦透了，让我带着一堆药回家，我倍感温暖。

一个病，每位大夫的治疗方法都有不同，何况医学规律、经济规律、问学问道呢？学会与自己不喜欢的事情相处也是一种能力，学会听不同意见、分析判断更是一种高超的能力。包容是美丽的胸怀。

终于能静心坐在窗前，望着龙潭湖水，冬日的阳光洒在我身上，闭上眼睛，太阳像蛋黄一样的光晕暖洋洋的。我想到了儿时，母亲经常用搓衣板、大铝盆洗全家的被子，在太阳下晒干。我最喜欢闻刚晒完太阳的被子上阳光的味道，没有污染的阳光，那就是母亲的味道。想着想着就想到母亲蒸的馒头，还有过年时炸的油饼，特别暄腾，吃起来掉渣，要用手接住。想到我要控制情绪，不能伤心了，只好睁开眼睛，可是，不想工作又想娘了，凡夫俗子无法达到空的境界。

活着是最大的快乐，珍惜生活，珍惜友人，珍惜同事，珍惜家人，珍惜生命。

2019 年 12 月 11 日

红阳致我的信

昨天看到您发的朋友圈，其实我想发一句话的，后来想想没发，还是单独说给您听吧。

您一定听说过这句话：和自己和解，才是这一生最大的难题。

作为一个医生，我有时候会想为什么不同的人会得不同的病，这病一定是我们的敌人吗，它们到底想告诉我们什么呢？我们如何才能和那些与我们有缘的、折磨我们的病和解，让它们成为我们生命旅程中的营养！或者说，和自己的病和解，其实，也是在和自己和解！

前些年，刚来北京时，听说过在我们医院，曾收治过一个活佛，他得了心力衰竭，是在我们医院离世的。和别的病人不同的是，在疾病折磨他的时候，即便是最后一刻，他也在专心念佛！所以说修行到活佛的境界也有可能因为前世的因果得病受苦，但和普通众生不一样的是，疾病不再让他恐惧，也干扰不了他内心的信念，尽管，他的身体也是痛苦难受的！

您现在，内心里有对病的恐惧，尽管还没发病，但恐惧已经着实影响到您的心境和生活了。

其实，我也只是初步体悟到上面这些，我也要努力，看能否和疾病，还有生命中的苦难和解，让此心安，此身安！

别忘了按时吃药。

2019 年 12 月 12 日

丰子安六岁作品。

回望珠海长隆

今天是 2019 年的最后一天,我们带着两个小外孙在珠海长隆迎新年。回望一年的感受思绪万千,我选的照片都是宝贝们的期望。当然,不同的年龄段有不同的期望。在拍照时,因为人太多,一些家长让小孩过拦界线进去拍,我说,安,你俩进去,这样不会拍到别人。安用手指着说,那里写着"请勿入内",不能进去!顿时我脸上火辣辣的,比平日的"红脸出汗"还羞。我之所以把这个让我无地自容的细节讲出来,就是想,一年又一年,如果人和事不完美,归根结底就是教育的问题。

我选了一张前两天工作中与同事战友的合影,想说,明年中我将退出我的工作岗位,但我对我的选择从不后悔。我们这个专业的人,不傻也不呆,大爱在心中,忘我与奉献都是默默的守护。

2019 年 12 月 31 日

文化、艺术、商业

近两年，每个周日我都带两个小宝贝去侨福芳草地购物中心的三楼学儿童绘画，时间长了才发现这个商场有文化特色，商场设计空旷，不同的空间摆放各式现代的作品，很有创意，展示了多元文化下的小幽默。平日，我偏爱中国的建筑、文化和艺术作品，现代西方的艺术作品我看不懂，本着好奇心，小朋友上课时我便开始浏览商场里的艺术作品，听说九层有老板收藏的艺术品，我乘电梯直达九层，免费参观，进去看大多是黑白作品，还有视觉效果吓人的雕塑和影视制作，越走越恐惧，看似会突然从空中坠落一个人。我怕心脏受不了急忙出来。坐在三层的咖啡厅，喝着英国红茶。我在琢磨，文化是什么？艺术是什么？商业是什么？简单说，文化就是如何对自己，如何对他人，如何对大自然，如何自律，如何生活。艺术应该具有观赏性和创造性。马克思说过，商品是用来交换的，那么商品交易的集聚地就是商场，即一种商业模式。突然觉得自己还是比较聪明，脑洞大开，我现在看到的这些西方现代作品，是在西方近现代工业发达的背景下产生的，框架结构、几何图形结构、艺术创新也离不开科技。或许这些作品就是书里说的后现代主义风格。信息时代，创造出了 3D 影视。5G 的出现，会给我们的文化、艺术、科技和生活带来什么变化？

艺术、文化的创造产生了价值，所以是可以交流并交换的。艺术品有文化和艺术的属性，同时也有商品的属性。商场的商品中有实用价值，更有文化价值。

看着这些沉甸甸、富有质感且奇妙的作品，我还是佩服想象力丰富的设计者。环商场一圈，我敬佩老板的文化底蕴，艺术与商业完美结合，有品质的生活，也就是我们有文化的生活。

2020 年 4 月 14 日

丰子安六岁半作品。

左与右

因为"文革"的烙印,我特别不喜欢"左、右"这两个字,尽力躲避。细想,如果不说左手、右手,左脚、右脚,左半脑、右半脑,人怎么有方位,有方向?没有方向,如何前行?只好学习研读了解"左与右"。

查看后还是搞不懂,因为深层次的是哲学和思想的研究范畴,革命家和政治家与哲学家、思想家还是不同的,前者偏于实践,后者偏于思考和研究。

1. 平等为左;自由为右:提出这种区隔的是哲学家诺贝托·波比欧(Norberto Bobbio)和丹尼尔·艾伦(Danielle Allen)。波比欧主张唯一准确的左右派差异是有关人们对平等理念的态度,因为只有左派会想要保护或促进平等,而右派则会想要维持或增加不平等。左派和右派也同样都宣称同时追求平等和自由两者,然而他们却又有不同的解释方式。

2. 一个现世政府为左;一个宗教政府为右:这种差异在美国、印度和欧洲的天主教国家特别明显(这些地方也是反教权主义代表左派的区域),有时候也包含中东。不过在一些国家,例如法国,极右派反而比左派更激进地支持世俗主义。

3. **集体主义为左;个人主义为右**:不过,20世纪60年代的反文化浪潮便是以强调个人自由为特色,这波浪潮主要被归类为左派,而在宗教/现世的冲突上,现世主义者往往更倾向于强调个人的自由和宗教自由超越集体的信仰价值。不过,被许多人视为右派的法西斯主义也强调"国家的组织概念",抱持着集体主义的概念,将国家看作一个集体的实体。

4. **法律支配文化为左;文化支配法律为右**:这个划分方法是由美国的参议员丹尼尔·帕特里克·莫伊尼汉(Daniel Patrick Moynihan)提出才为人所知的,但最早则是由埃德蒙·伯克构想的。

5. **支持跨国家团体为左;仅支持独立国家和政府为右**:一些左派团体可能会被右派视为恐怖分子,但却可能被左派视为自由战士。右派的运动通常支持他们自己国家的主权并反对其变动。在欧洲,支持欧盟者通常来自左派,而支持国家主权至上者则来自右派。

6. **世界主义和国际主义为左;国家主义和民族主义为右**:经济爱国主义或贸易保护主义在左右两派中都有,左派的保护主义是以确保国内的工作机会为目标,而右派的保护主义则是为了保护本国的公司和经济。

7. **认为人性和社会为可变性的为左;认为它们为固定性的为右**:这是先天与后天之间的争论例子之一。最先以此定义左右派的是美国经济学家托马斯·索威尔(Thomas Sowell)。

8. **社会主义为左;资本主义为右**:这是近代最广为所知的分

法，多数媒体提到左右派时也多半是指此种分法。这里的社会主义泛指高税收、高福利、高政府干预调控的政治体制，而不一定是共产党主张的无产阶级专政。

左派和右派的称呼最初起源于18世纪末的法国大革命。在大革命期间的各种立法议会里，尤其是1791年的法国制宪议会上，温和派的保王党人都坐在议场的右边，而激进的革命党人都坐在左边，从此便产生了"左派""右派"两种称呼。

以上"八个左右"不是我说的。无论中西哲学都难学难懂，如果读哲学像读文学那么轻松，或许"左与右"就好理解了。我想，只要人类社会存在，左与右始终不能分开，像一对孪生兄弟始终伴随着我们前行，在寻找远方的路上相互制约才能平衡，也就是西方人常说的Balance。

丰子安六岁作品。

庚子年端午节是我的生日

庚子年的端午节很是特别，我迎来了一个甲子的农历生日。

晨起天阴，漫步在龙潭湖畔观荷、练习瑜伽。荷花渐大，一天一个样，早上开，夕阳西下时全合了。从冬到夏，一年四季，我能看到这荷花如何绽开，变成莲蓬，渐行渐远地枯去。看着这天天都不一样的荷花，与人一样，从出生开始就是一场漫长的告别，分娩时与娘胎告别，没的商量；在父母的呵护下长大成人，与他们告别；有了自己的学习与兴趣爱好的圈子，度过美妙的青春岁月，与利益最少的同学老师友人告别，各奔东西。人生就是一场漫长的告别，不断地选择与告别。这些告别都充满了不舍和留恋，或许，这就是人类的蜕变与进步。

中午一家人吃粽子，女儿要吃肉粽，安康要吃豆沙的，我吃小枣的，老伴说，你们不吃的我都吃，别浪费。我的教授朋友在微信里说，思想市场，我第一次听说，思想可以市场化吗？乱了。吃粽子的口味都不一样，幸亏是买的，不是自己包的。这思想市场化，怎么交换与买卖呀？不能多想了，否则我不是焦虑就是抑郁了。

面对铺天而来的信息，人工智能时代，我如何静下心来。打扫出一间约有六平方米的小房间，搬了一张桌子进去，我对老伴说，"以后早上8点前吃完早饭，我在这儿上班，不许叫我，中午随便吃什么，别问我。"他无奈地看着我，脸上写满了问号。

吃罢晚饭，送走了女儿和安康，我拉着老伴去龙潭湖看荷，他说："你上午不是去过了吗？""现在有的是时间，快走。"我不耐烦。天阴沉沉的，黑云压来。我说："好像要下雨，没拿伞？"他小声说"忘了"。走到荷花池，荷花全闭上了，早开晚闭，很爱惜自己。不一会儿便电闪雷鸣，我说快走，边走边小跑，雨一点都不留情，噼里啪啦地砸在我身上，我边走边说："千万别淋雨后感冒了，说不清楚了。"出了龙潭西门，过了马路，小门没开，我们只好绕一圈回去。有一个小杂货店开着，我冲进去，"师傅有伞吗？卖我一把？"温厚的中年男人，江浙口音："我不卖伞，借你一把用。"我连声道谢，终于有伞能给我遮住一片小小的天空。一进家门，我去洗澡，老伴去还伞。人啊，谁说得好用谁，千万别看不起摆地摊的或小杂货店的，关键是他们纯朴而又善良。

第二天6点多，曾大姐就发了门头沟下冰雹的微信，还问我，夜里听到电闪雷鸣了吗？没有啊。我近几日睡眠特别好，每天10点睡，一觉天亮自然醒，再也不担心迟到了。我看图片，怎么这么像新冠病毒，心盼，老天开眼吧，快灭了它，太折腾人了。

心刚安下来，进了小书房，准备上班了。手机响了，一看鹏程来电，这二十一年来我们通过的电话不超过十个，上班时没时间联系。现在有时间了。他在电话里说，携夫人去山东搞文化规划,返京时乘火车到天津,被劝返,又去青岛,他被要求在五星级酒店隔离十四天,于是他拉着夫人包了一辆面包车赶回合肥。电话中他一副沮丧的声音说:"南方发大水,北京电闪雷鸣下冰雹,我进不去京。你看我像不像商鞅?"我不禁哈哈大笑,"你不像商鞅,商鞅是被车裂的。哈哈,要不我去问问,好像回京前要做核酸检测,在家隔离十四天。"他又急了,"回去我就出不来了,我还要做事。"我答:"那倒是,反正夫人在身边,她在哪里,哪里就是家。好好在外面待着,要么回京在家猫着。"

通完电话,又拿起鹏程先生的《生活儒学》,进入眼帘的是我画过红线的句子,"文化才是政治的内容",有那么简单吗?想到连日来的,文化市场、语言市场、科技市场、思想市场……看不懂,怎么都与市场有关?市场重要还是道德与法律重要?别问,也别说。

2020年6月25日庚子年端午节

丰子康三岁作品。

你到底要什么？

近半个月的阴天终于放晴。北方人过惯了蓝天白云的日子，阴霾天很难熬，阴天下雨时人容易伤感，有时候也胡思乱想。

晚上打发时间，闲得无聊，电视频道里没什么好看的电视剧，让女儿推荐，她推荐了网络电视《隐密的角落》。看完这部剧，最大感受是，原生家庭对一个人的成长影响终生。

美国家庭治疗大师萨提亚说："一个人的性格、人生观、精神品格、思维方式和生活习惯都深受其原始家庭的影响，其中许多甚至是决定性的影响。在我们成年后的所有思想和行为中，我们可以看到和父母一样的面孔。"所以萨提亚说：你就是未来孩子的原生家庭。

不是哪个人生来就善良的，要靠父母的言传身教。不要以为小孩子什么都不懂，你给她的一个眼神她能看懂并记一辈子。你如果有意无意间伤害了她，她需要用一生去治愈。家庭及父母的影响太重要了。

这是这部电视剧的主题。我认为家庭教育与社会教育同样重要。

父亲没有文化，是个"大老粗"。他是1937年在延安上的"抗大"第二期扫的盲，他一生都羡慕尊重有文化的人。赶上"文革"，我们兄妹都没有考上大学。我也是一点点追赶着学习。受父亲的影响，我也十分喜欢有文化的读书人。我对知识分子发自内心地羡慕和尊重。

特别怀念20世纪80年代初全社会读书的风气，好朋友见面都问读什么好书，互相借阅。那时，不只是科学的春天，也是社会学、哲学的春天，有各种学习小组，写读书笔记，探讨思想，追寻人生。我也阅读了很多苏联小说，如柯切托夫的《你到底要什么？》。故事讲的是几个所谓外国"艺术家"在苏联的间谍活动，作家指出苏联社会中一些极为危险的信号：腐败，官僚主义，崇洋媚外，青年一代思想消极颓废。作家认为这些现象将瓦解苏联的社会道德基础，因此迫切希望在青年一代中重新进行革命传统教育，树立共产主义人生观——让苏联青年一代清醒地认识到自己"到底要什么"。

车尔尼雪夫斯基的《怎么办》大约是说革命与爱情，当时我只看爱情的选择是怎么办，不懂革命道路的选择是怎么办。

西学东渐，有人说从晚清开始，有人说从民国开始。我的记忆中，20世纪90年代我们开始讨论"传统与现代化"，中国传统文化的继承与弘扬。走进孔子、老子，走进朱熹、王阳明。如果选择"中体西用"，必须以中国文化为本。中国文化的精神价值，即"心性论"在天地间立心。用"礼乐"文化解决人与人的关系，人与自我的关系。

生活的学问也就是生命的学问。家庭原生态，即我们社会的原生态。让孩子们简单快乐有思想,让中国人的文化原生态成长。在铺天盖地的物质财富、精神财富、思想财富、道德财富、文化与文明的财富之间,你到底要什么?怎么办?

全世界的中国人,无论你生活在香港还是台湾,无论你生活在美国还是英国,只有对中国文化认同,你才是一个真正的中国人。

中国文化才是我们的原生态。

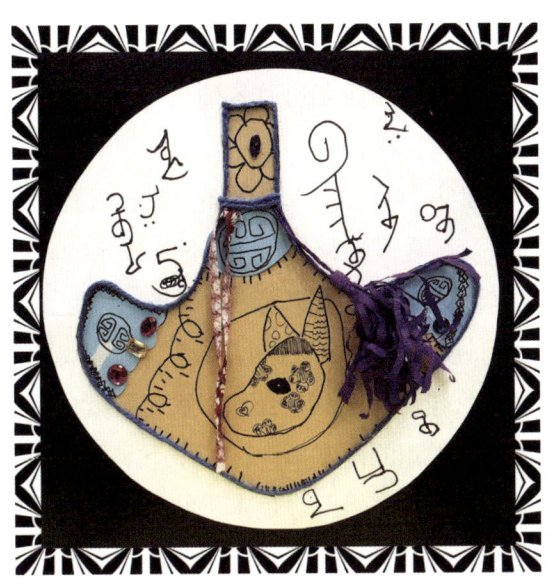

丰子安七岁作品。

那年夏天槐花香

打开尘封的岁月，随着时光隧道，回到记忆的脑海。你曾经历过的人和事很多，但留在你心灵深处的，甚至影响你人生选择的人和事并不是很多。

女人喜欢看花赏花。我喜欢过各种花树，但留在心中的还是大西北黄河边上的槐树花香。

我生长在宁夏银川鼓楼南大街的46号院，每到夏天放暑假，我们都是穿院藏玩，夏天槐花开的季节是最快乐的时光。

儿时，准确说五岁时，我穿着母亲做的淡蓝色底小黄花纯棉布连衣裙，小圆领的（好像当时叫粘胶布），一尺两毛多钱，脚上穿着白色塑料凉鞋，大约八毛钱，本来皮肤就白皙的我更加纯净透亮。那年夏天银川的雨水多，在一个下小雨的中午，我跑去小巷踩水玩儿。小巷不宽，两边是木头结构斗拱飞檐屋顶的青砖小院，大木头门槛又厚又高，老槐树遮住半个天空，槐花撒满了小路。雨渐下渐停，小雨顺着槐花滴答滴答落在我的头上、脸上和身上，我脚踩着大石板地上的水坑，不停地溅起水泡，玩得忘了时间，天快黑了才回家。早上妈妈给梳了两个羊角辫，扎的蝴蝶结丢了一个，我的自来卷头发被雨淋后成了满头的羊毛卷。裙子湿透了，小腿全是泥巴，白色凉鞋变成土黄色。一进家门，母亲气坏了，新裙子、新凉鞋哥哥姐姐都没有，她拿起笤帚就要打我，我急忙躲在父亲的身后。

那是1965年的夏天。至今我经常想起那雨后最美的槐花小巷，还有母亲给我们用大蒜酱油醋和炸花椒油拌蒸槐花或者榆钱，非常好吃。

在我的记忆里，童年的味道就是槐花的清香。

1979年的夏天，满街槐花香的季节，我突然接到宁夏《塑方》编辑部的总编杨仁山先生的电话，说我的短篇小说《莎莎》要发表了，等下一期，这期是张贤亮的中篇小说《邢老汉和狗的故事》，他的功底非常深厚，你的作品还幼稚，但我们培养年轻人。接完电话，我高兴得几天都睡不好觉。

从此张贤亮的名字如雷贯耳。

1982年的夏天又是槐花开时，宁夏文联开会，晚上在自治区党委的大礼堂举办交谊舞会，我也收到了邀请。我身穿圆领淡蓝色小白细条纹的连衣裙，脚穿坡跟白色塑料凉鞋，躲在一个不起眼的角落，因为我从没跳过交谊舞。不一会儿，大厅音乐响起，张贤亮带着妻子冯剑华，还有许多宁夏的名人作家，开始了第一支圆舞曲。张贤亮向我走来，请我跳舞，我吓呆了。我完全出于礼貌："张老师我不会跳，完全是来看你们跳的。"我的声音都在颤抖。他说："没关系，我教你。"我不停地踩到他黑亮的皮鞋，不停地低头看脚，并盼着舞曲快快结束。他一直笑着说别紧张。那是我平生第一次跳交谊舞，也是让我最尴尬的认识名人的场景。

转年的冬天，《塑方》编辑部的编辑给我打电话说，张贤亮听说我结婚并怀孕在家，要来看我，我又吓一跳，真是受宠若惊。我们快速打扫三十多平方米的小家，在小客厅的双人沙发上铺上蓝色的毛巾被。冬日的阳光洒在窗前，上午10点多，都沛带着张贤亮来到我的小家，他身穿藏青色风衣，戴着黑边眼镜，风流倜傥，一副英俊帅气装不出来的少爷样。他送给我们结婚礼物，六个高脚玻璃红酒杯，说从欧洲带回来的。他说近一年都在国外，讲了国外的故事。大约坐了半个多小时就走了。

两面之交，二十多年没有任何往来，但是无论我在哪里，只要有张贤亮的作品我都拜读。

2008年我回宁夏，听朋友说，张贤亮做了一个西部电影城，我对朋友说，你帮我约一下，我想拜访他。本来我打算见半个小时，没想到我们谈了一个半小时。他像一个堡主，手里拿着烟不停地吸，手边一个大茶杯，大木制靠椅旁趴着一条大黄狗。

他没谈文学，而是谈时政，谈外交，谈他为什么经商。七十多岁的他的确老了，满脸沧桑，眉宇间透着睿智和淡淡的忧伤。

我匆匆在他花尽心血的镇北堡西部影视城转了一圈，残垣断壁的古城墙上围了一个人工古镇，一眼看去就是《绿化树》的场景。这就是我们的第三次见面，也是最后一次。

后来我得知张贤亮先生病逝的消息，难过了好几天，非常惋惜。如果他不搞镇北堡西部影视城，一直搞文学创作，会是怎样？读懂张贤亮是需要功底的。听说20世纪90年代起他就下海经商，据说净资产已经过亿。但他再没有写出80年代那样有影响力的文学作品。一个作家的好作品可以传世，亿万资产往往只是过眼云烟。张贤亮的《灵与肉》《绿化树》《男人的一半是女人》，在中国当代文学史上留下了深刻的印迹。

也有人说他是中国的索尔仁尼琴，如果他不下海经商，能写出比《古拉格群岛》更加深刻的作品。

张贤亮吃透了《资本论》，剥削、价值、剩余价值、劳动力、市场、资本等被他成功实践。但是当他的脚跨进资本市场的大门，他离文学的梦想就越来越远了。其实他始终想超越自己的作品。

听说，20世纪30年代的林语堂出一本《京华烟云》，就能买一个小别墅，还能请两个用人、一个司机。是那时的物价便宜，还是写书的人太少？

一个著名的教授或作家，著书立说一辈子买不起一套大房子，我还能劝他们安心治学吗？我只好默默成全他们给文化卖个好价钱吧。

我已经不再穿淡蓝色的连衣裙，我撑不住了，穿不出青春的清纯，再也回不去儿时槐花弥漫的时节。但儿时的槐花香永远留在我的心底。

蜻蜓与荷花

今年夏天北京的雨天多，6月中旬以来，没几个晴天，越来越像南方。早上6点醒来，窗外阴沉沉的，又是一个睡懒觉的好天。犹豫一会儿，还是坚持起床，打坐，深呼吸，静心。今年夏天好过了，不像往年"三伏天"又闷又热。我喜欢湿润的气候，但我也喜欢阳光灿烂的日子。

窗外，天见亮。我家住十五层，蜻蜓飞上了这么高。想起儿时在大院抓蜻蜓，嘴里喊着"蜻蜓蜻蜓高，老鹰叼。蜻蜓蜻蜓矮，没人逮。"每每抓到一只，很有成就感，小手紧紧抓住蜻蜓的翅膀，在蓝天阳光下看蜻蜓金黄色的头上带着几条浅绿色，银白色晶莹剔透的翅膀上有不同颜色的花纹，有淡黄、淡绿、淡蓝、淡紫色。怕它飞走，用力抓住，它的翅膀被我的小手捻烂了，只要松手它就大头栽在地上，再也不能飞了。心里很不落忍。以后再抓到蜻蜓，我都很小心地轻抓，仔细端详，它鼓着圆滚滚有点呆的大眼睛，无辜而又可怜，一副求救的眼神，我就会将它放飞。再长大，我不再抓蜻蜓了，后来，我没时间再看蜻蜓了。

现在，隔着玻璃看蜻蜓，已经看不清楚了，只是赞叹它们能飞这么高且自由自在地飞翔。如果说，思想的本质是自由，那么，蜻蜓比我有思想。

漫步在烟雨蒙蒙的龙潭湖，东南角有一池荷花，每天都能看到。东风细雨，金蟾锁绕。小雨中观荷，别有一番情趣。

每天早上和夕阳下都有一些人拿着各种照相机在等什么，有时等一天，我很好奇，问："你们在等蜻蜓落在荷花上吗？"答："不是。我们在等黄剑鸟落在荷花上。"我心想品位真高，但这样的概率太小。看着这些白发苍苍的老人坚持，我不得不佩服。

小雨淅淅沥沥洒在池塘上，雨滴碎落，像裹了一层油的一颗颗水珠撒在荷叶上。荷花粉得撩人，花蕊嫩黄更加贵气，好一个出水芙蓉。

荷花的品格不只是"不染"，她的高贵与典雅，一般的俗人怎能懂得？

丰子康三岁作品。

观云裳

今天傍晚去看夕阳,没想到云彩替代了夕阳,还有天边的一钩新月。好久没有这么欣赏云彩了,好似一幅干净透明的山水画。儿时仰望天空时,常听四邻八舍的爷爷奶奶说,天上云赶羊,地下雨不强。云往南冲走船,云往北发大水。云往东刮大风。天上钩钩云,地上雨淋淋。那时还没有天气预报,但老人们看天预测,大多比较准。还有看太阳说时间,八九不离十。

长大听说书的讲,诸葛亮夜观天象,斗转星移,言东汉末年将形成三国鼎立之势。诸葛亮夜观天象知道有风而草船借箭,知道有风而祭东风。天文地理,天干地支,五行八卦,奇门遁甲。诸葛亮根据自己在隆中所学,以及对江东和沿江地带气候的判断,操控局势。

我国的《易经》指《连山》《归藏》《周易》三本易书。其中《连山》《归藏》已失传,传世的只有《周易》一本。现在的《易经》一般即指《周易》。《易经》从整体的角度去认识和把握世界,把人与自然看作一个互相感应的有机整体,即"天人合一"。

中国哲学博大精深,我们现在的科学认知是有限的,对未知的世界不要轻易否认。

儿时的顺口溜，留下许多美好的回忆和经验，孔明的故事源远流长。我只是觉得不只夕阳、红霞美，月牙儿和云彩静挂天边，大隐于世，清幽自得竟还空的样子，亦美。

好美！不见落日见云裳的傍晚。

丰子康三岁作品。

久违了龙潭湖

龙潭湖已成为我生活的一部分，只要回家必去。

今天下午2点，邻居装修房子，电钻声音刺耳，令我坐立不安。我只好拿本读来不用太吃力的书去龙潭湖度过三伏天的下午。选择我喜欢的海棠小路，春天开花时她留下了美的瞬间，就这一瞬让我难以忘怀，从此每天散步我都刻意来走一趟，现在快立秋了，还没有结海棠，或许时间不到，不到秋天，怎么会有秋海棠。看来世上的许多事情都是由时间决定和检验的，时候不到，急也没用。

顶着大太阳出来是为了躲避刺耳的噪声。坐在海棠树下，无人，树荫下也没感觉到太炎热。在树荫下读书有生以来没有几次。打开村上春树先生的《假如真有时光机》，是村上旅游的随笔集，我被他朴实干净的文字深深吸引。在遍布苔藓的冰岛，邂逅没有尾巴的羊和可爱的迷途之鸟；在梅雨季节去熊本，拜访夏目漱石的故居……不论怎样的旅行都充满了惊喜与意外，诸多的挫折都化为无穷的乐趣。这才是所谓的旅行，或许说人生的意义。

人生是一条单行线，假如真有时光机，你想实现什么愿望？跟随村上春树走遍七国十一地，仿佛乘上一台穿越现实的时光机，去发现一个温暖有趣的世界。

村上明知我们生活在一个结构非常复杂的世界，但却用简单的文字不经意地写出，我们为什么远行？如果一帆风顺就失去了远行的意义。在旅途中，你会疲惫，会失望，但远行一定有你想寻找的东西，或许就是在许多个不知道、不确定、不经意中塑造了你的人生。

不知不觉我眼睛看不清了，天色渐暗，只好回家吃晚饭。饭后好像还缺点什么，多日没见龙潭湖的夕阳了，放下碗，又去看夕阳，在我眼里龙潭湖的夕阳是世界上最美的夕阳。

夕阳下，我想，假如真有时光机，我的愿望就是世界和平，我能去任何国家远游。

丰子安六岁半作品。

走进上海

（一）迪士尼乐园

待在家里近半年的小神兽终于可以出门了，昨天我们乘高铁到了上海。一进北京南站的大门，人少，空旷大气的现代建筑风格，两个孩子挥舞着小手喊着"北京真好"！我也觉得干净、安静，又敞亮舒适。因为是12点开车，只好在车上吃中午饭，外面的饭比家里饭香。下午4点半到上海虹桥火车站，一进上海，首先感觉到服务精细，特别有礼貌。从火车站到迪士尼乐园没见到任何垃圾。司机说浦东新区绿化也好。

第二天早上6点，安自己醒来，起床叫弟弟，康听到姐姐说去迪士尼玩儿，一骨碌爬起来，揉着眼睛说，快走。在家8点钟都拉不起来。匆匆吃过早饭，乘7点20分的专车15分钟便到了。走进园去，接受安检，有三道检查，等8点50分才正式进园。孩子高兴疯了，人不是很多。中午闷热，我体力不支，老伴带着他们继续玩，我回房休息。

上午还是阳光灿烂，下午1点半左右，风雨交加，他们只好进室内避雨。安康盼着雨停，来一次不容易。

我望着窗外的雨帘，这雨一时半会儿是停不下来了。想起2005年，上海的领导告诉我他们准备在上海建一个迪士尼乐园，审批很不容易，有人说，香港有一个，上海再建怕影响香港的生意。我惊讶地问，怎么会？这么多孩子。这位领导也是一个读书人，我与她一起工作半年多，白天调研、开会，晚上她散会儿步就在台灯下读书。我非常喜欢读书的领导。她特别喜欢文化，也想把上海建成文化中心。我说："北京已经是文化中心了。"她说："我们做南方文化啊。"我开玩笑说："你们以张恨水的鸳鸯蝴蝶派为代表啊？"她扶了一下眼镜，斜视了我一眼，我们俩会心地开怀大笑。我老说她像北方女人，她说老家是苏北的，还自我调侃说，你们都说上海人小气，带一个螃蟹上火车吃，到了北京站剩下两个螃蟹腿，因为火车提速了。你们再去，一定大碗上饭，让你们吃饱饭。十多年前他们把西方的歌剧引进来。我问，"有多少人看？或者能看懂？"她说"打中文字幕，演了几百场，都是爆满"。在她那充满激情的脸上我看到了上海的活力，用上海话说"活拓的不得了"。她是一位非常优秀的女领导，有思想，有担当。

上海的迪士尼乐园2016年建成。上海给我的印象开放、洋气，或许是"租界"留下的西方文化，上海女人很小资，会学英语，喝冰咖啡。

窗外雨不停，我刚来上海却还是想着北京，我喜欢北京到骨子里了，她厚重、大气，所以任何地方对我来说我都是过客。我期盼如果政府机关搬到通州后，能将原先一些企事业单位占用的文物古迹腾退出来就好了。我们的北京一块城墙砖就几百年，不厚重何以载物。

窗外雨停了,天也渐渐放晴了,南方还是南方,下雨都不像北方的雨势,这么的精细。

(二)和平饭店

家庭成员也需要沟通和谈判。来上海前,安安代表弟弟与我谈行程安排,开始她想在迪士尼乐园玩三天,我说你玩的时间太长,我陪你们玩两天,你们陪我两天,除路途时间,还有半天我们一起去城隍庙买上海小吃。经过几轮讨价还价,谈判成功,达成一致。沟通谈判的过程也是培养孩子学会对等与妥协。

不知从什么时候开始,我们把妥协简单等同于投降。在战略决策过程中懂得什么时候妥协、如何妥协,这或许是一门专业课。

今天中午我们结束了迪士尼乐园的游玩,安康恋恋不舍,浦东新区的确是国际城市典范,蓝天绿树掩映着一座座小镇。

我们很幸运,上海的朋友说已经下了四十多天的梅雨,这两天刚停,天空晴朗,蓝天白云下的黄浦江更加秀丽。城市里有河流就有活力和生命力。进了大上海,我选择住在和平饭店。以前来过三次上海,都是公差,开会,参观,想问题。这次出来心情完全不一样,可以按照自己的想法去安排。

早想了解上海文化,以前一般都是通过电视电影知道上海滩的故事。上海,一座素有"东方巴黎""东方之珠"美誉的国际都会。和平饭店的故事也是上海的故事。

和平饭店建于1929年,原名华懋饭店,缔造者是维克多·沙逊爵士。沙逊爵士是英国出生的犹太人，毕业于剑桥大学，从孟买来到上海。听说其家族的钱是靠卖鸦片赚的，看来资本的原始积累大多不是很干净。这位沙逊爵士在中国住久了，也受中国文化影响，和平饭店有三个门，有一个东门永远不开，说是讲风水，面朝黄浦江，客房面对水有影响。或许，这也是一种文化交流的方式。沙逊爵士在当年的上海滩是一位令人瞩目的资产家和金融大亨，热衷于赌马和奢侈高端的社交生活，他一手将华懋饭店打造成当时上流社交派对和奢华晚宴舞会的流光溢彩之地。在20世纪30年代的上海，和平饭店是最负有盛名的酒店。她坐落于黄浦江之滨，位于外滩与南京路的交界口。1952年改为和平饭店，上海第一任市长陈毅将这里当过办公室。

我慕名而来，走进这有九十一年历史的老饭店，哥特式建筑风格，大堂屋顶的彩色玻璃有四分之三保留了下来。

中餐厅命名为龙凤厅。天花板上为蝙蝠围绕、龙凤呈祥。大堂酒吧每晚演凑爵士音乐。当年的茶舞厅现改为宴会厅。

和平饭店历经了九十一年的风雨沧桑，见证了黄浦江的历史变迁和无数风流人物。和平饭店的铜质尖顶，见证着魅力四射的上海。和平饭店名字起得好，和平与发展是我们的追求。

（三）丁香花园

昨天为赶在下午2点入住和平饭店，小宝贝们在迪士尼乐园只玩了一天半，今天上午补他们半天，我们去了上海野生动物园。这样做是为了培养孩子守规矩、讲诚信，大人的言行举止对孩子是潜移默化的教育，大人的诚信会直接影响孩子的诚信。往大了说，让他们在生活中懂得契约精神。

关于契约精神，大多人认为这是西方文化，我们没有。前不久我在北京的博物馆看到一份明代的土地转让文书，上面有许多签字画押的红色印章，几百年了保存得完好无损。上面不仅有买卖双方的印章，还有两三个见证人的签字和印章。我突然感觉我们错了，谁说中国没有契约精神？只是表述方式不同而已。

为此，我查了资料。中国古代契约具有独特的内涵，指双方当事人之间协议的文书。《周礼·秋害·司约》曰："凡大约剂书于宗彝，小约剂书于丹图。"在我国古代的文献中有"刻木为信，结绳记事"。这是在没有文字的情况下，契约的书写情况。《周礼·天官·小宰》中提到的"听称责以傅别""听卖买以质剂""听取予以书契"，也是三种不同的契约形式。借贷契约叫作"傅别"，买卖契约叫"质剂"，赠予收受契约叫"书契"。上古之时"傅别"主要用竹简木牍制作，自文字发明以后，"傅别"制作也有了改进，古人以"傅别"立契，双方各执其一。"质剂"就是将一木杖一分为二，每人各执一片，负债人偿还以后，则将债权人手中之半收回。"书契"泛指文书、文字，而非契约。

归根结底，诚实守信来自于中国几千年的契约文明。在中国古代契约中，诚实守信被称为契约之魂。古代中国就有"一言既出，驷马难追"。这就是诚信。说出去的话，是不可能收回的。多么精彩的中国式的契约精神！

上海的野生动物园在浦东新区附近，动物与北京大兴野生动物园的差不多，来这里完全是补他们的半天时间。中午饭，导游蔡先生推荐了"小杨生煎包"，又便宜又好吃，我们四个人只花了五十五元人民币，八个包子，两个虾仁馅儿，两个猪肉馅儿，我喜欢素菜，又买了四个荠菜馅儿的，一碗鸭血粉丝汤，两碗咖喱牛肉汤粉，分量大，物美价廉，又有特色。

吃完中午饭，时间归我，我们直奔丁香花园。这座花园传闻是晚清北洋大臣李鸿章的私家花园，上海著名的十大优秀花园洋房之极品，坐落在华山路849号。到了门口，不让参观，说是单位办公区。深感遗憾，如果是名人故居的博物馆就好了。我望着花园大门处蜿蜒起伏、颇具江南风韵的矮墙，从院子里长出来的大树，脑海里浮现出这位饱受历史争议的人物形象。历史对李鸿章的评价不一。梁启超在《李鸿章传》中称：鸿章必为数千年中国历史上一人物，无可疑也。李鸿章必为十九世纪世界历史上一人物，无可疑也。梁启超说他"敬李鸿章之才"，"惜李鸿章之识"，"悲李鸿章之遇"。

李鸿章是淮军的创始人和统帅，洋务运动领袖之一，建立了中国第一支西式海军——北洋水师，官至东宫三师、文华殿大学士、北洋通商大臣、直隶总督。他一生参与了一系列重大历史事件，包括镇压太平天国运动、镇压捻军起义、洋务运动、甲午战争等，代表清政府签订了《马关条约》《越南条约》《中法简明条约》等不平等条约。西方列强靠船坚炮利打开了大清国门，腐败无能的清政府整个烂透了。人啊，生要逢时。

关于丁香花园还有许多传说。

我还想看巴金、徐光启、孙中山、蔡元培等二十多位名人的故居，但未都成行。一是因疫情不开放，二是时间不够。

傍晚，漫步在外滩，微风轻拂。我更加喜欢上海了，她有丰富的海派文化，有历史感，有历史人物的痕迹。美丽的黄浦江啊，你见证了多少历史人物的命运和故事。

（四）周庄·蔡元培故居和外滩的夜景

早知道江南水乡古镇周庄，今早8点经一个多小时的车程到达。人不多，著名的沈厅在维修，我们只参观了张厅。张厅古朴幽静，还能看出明式的建筑风格，最大的特色是"轿从门前进，船从家中过"，前门进轿，后门坐船，一幅江南小桥流水人家的景致，古代人的生活都充满了情趣和浪漫。不同特色的小桥保留了十四座。

周庄据说是元朝著名商人沈万三修建。有钱人做实业或者建一些能够留给后人的建筑还是有意义的。我走上千年小桥，在石板路上就有一种回归历史的感觉。可惜小朋友们闹着要找玩具城，我只好说先坐小船，摇橹的船嫂给我们唱了三首苏州小调"周庄好"。匆匆忙忙，中午在古镇"花间堂桔梗餐厅"去吃有名的富贵万三蹄、鸡头米阿婆菜、笨鸡蛋烘蛋饼、苗家千页豆腐、清炒马兰头、扬州炒饭、手工海鲜面疙瘩、胖大海炖雪莲子，喝了玫瑰花水，菜名都好玩儿。一共花了416元，吃得又香又饱，"万三蹄"是我吃过的最好吃的"猪肘子"，传说因为"猪"与皇帝朱元璋的姓同音，所以改为"万三蹄"。

下午急忙往上海赶，我听说蔡元培先生的故居开了，这满足了我的心愿，他是我最崇敬的大学校长。

上海华山路303弄16号是他在上海的最后一个住处。这三层小楼非常简朴，楼梯是木头的，非常狭窄，只能上一个人。先生在民国初年提出教育改革及"教育救国""中国为一人，天下为一家"等思想。

蔡先生创立了中国比较完整的资产阶级教育思想体系和教育制度。他的"思想自由，兼容并包"的主张，使北大成为新文化运动的中心，为新民主主义革命的发生创造了条件。

最难能可贵的是他为中华民族保护了一批思想先进、才华出众的优秀学者。

每次的历史变革都离不开优秀的知识分子对社会的贡献，一个好的大学首先要有一个品学兼优的校长。

傍晚7点50分我们乘坐游船。云彩、月光下的外滩，高楼林立，灯火璀璨，百年的建筑与东方明珠塔相互辉映。晚风拂面，望着穿行在云朵中的月亮，想着无数历史人物当年出国无论是问道还是勤工俭学，大多是从外滩码头上船远行的。

上海文化历史底蕴源远流长，特别是海派文化和中西文化的交流与碰撞，都值得深入研究。

（五）美丽的传说

传说上海曾是一片荒凉的沼泽地，其中央蜿蜒流淌着一条浅河。雨水多了，就泛滥成灾；雨水少了，又河底朝天。人们深受其害，咒之为"断头河"。战国时楚令尹黄歇来到这"断头河"河畔，不辞辛劳地弄清其来龙去脉，带领百姓疏浚治理，使之向北直接入长江口，一泻而入东海。从此大江两岸，不怕旱涝，安居乐业。人们感激黄歇的恩德，便将这条大江称作黄歇江，简称黄浦。后来黄歇被封为春申君，便又名春申江。春申君黄歇为战国时期著名的四君子之一。

春申君黄歇，黄浦江名字，沪是渔民打鱼的工具。多么美好的传说，我们这个民族非常善良，只要你倾尽全力为百姓做事，他们会世代感恩。

时间真快，又到了中午吃饭的时候，我说还是吃本帮菜吧。导游推荐了"转角老弄堂餐厅"，我点了五个菜，八月桂花甜香藕、紫苏蒜牛油果、清炒野生河虾仁、笋尖木桶百叶包、炖黄鱼脯，两份主食，分别是葱拌面、红桂花酒酿圆子，共408元。好吃得不得了，关键是分量太大，比北京的餐厅还大。我还是按十多年前来上海的经验点菜，如果知道这么大量，两个菜足够了。

上海越来越大气了，这次来上海感觉特别好，城市干净，不见任何垃圾，人们彬彬有礼，六天没见过电动车，更没见过骑电动车过马路闯红灯的。公共服务秩序井然，精细管理，我们在野生动物园排队时，树上挂着冷气定时吹，地上放了许多大冰砖，头顶上搭着凉棚遮太阳。人性化管理，这都是管理和教育的成果。

（六）上海三山会馆

下午3点我们乘高铁回北京，上午还有半天时间，导游遇上我也挺难的，要看石库门，要看老建筑，要看名人故居。他查了一会儿后便带我们去了。上海三山会馆位于上海市南浦大桥桥堍中山南路1551号，是上海唯一保存完好的晚清会馆建筑。它始建于清宣统元年（1909），由福建旅沪水果商人集资兴建。

三山的名字来源于福州的三座山：东南于山、西南乌石山

（亦称道山）、北面越王山（亦称闽山），故由此得名"三山"。

三山会馆南面进门的围墙为一青砖雕刻照壁，临一天井。坐北朝南巍然立起一座红砖建造的高大门楼，建筑四角刻有福寿图案，至今保存完好。

整幢建筑雕梁画栋、殿宇高大、别致秀丽，富有福建特色。会馆大殿中央原来供奉一尊湄州天后神女像，所以在入门处"三山会馆"的门额上方刻有"天后宫"的字样和图案。天后女神在福建一带民间亦称为妈祖。与大殿遥相对应的古戏台两边建有观楼。古时演戏是敬神的，看戏的人只能位于两边。古戏台建造得非常精致，戏台中央顶上有覆盂形的藻井，全木质结构，四周雕有上海老城墙城门的模型，设计科学，台上演戏时能起到扩大音响的效果。古戏台前的两根青石柱上刻有对联一副："集古今大观，时事虽异；得管弦乐趣，情文相生。"字字铁划银钩。古戏台的藻井与四周的"鱼尾龙"均为初建时贴的金，近百年了至今仍保存完好。

三山会馆不仅有很高的艺术欣赏价值，还是上海市唯一保存完好的上海工人三次武装起义遗址。

看完三山会馆，我了解到上海也是个移民城市，大多是广州、江浙、福州等南方人，他们带来了各地的文化。移民城市的最大特点就是包容。

在上海不只是南方文化之间的交流，也是南北文化的交汇，更是中西文化交流、交融、发展的集聚地。

丰宇安六岁作品。

第二辑 台湾行

初到台湾

飞机在台湾海峡上空飞翔,透过舷窗望见下面是一片蓝幽幽的海洋,像丝绸一样柔和,微荡着涟漪,几只小船镶嵌在海面上。飞机逐渐向下驶去,高山绿树,红砖绿瓦,中国式古代建筑群错落有致。终于,在1992年5月12日18点,我们乘坐的国泰航空公司402班机,平稳降落在台湾桃园县中正国际机场。

我们一行两人是应台湾淡江大学邀请参加"侠兴中国文化"的学术会议赴台的。下飞机后,我们很顺利通过台湾海关。有人微笑着问我:"你是从大陆来的吗?""是呀,不远,海南岛。"他们说我不像大陆人。我想是从我的外表判定的。其实在大陆比我穿着时髦的女士很多。机场门口淡江大学的两位老师来接我们。他们谦诚、朴实,讲一口标准的国语。我们住在离台北约二十公里的淡水镇,淡江大学会文馆的贵宾室。会文馆是以文会友的意思,淡大二十年前建的,看来淡大的校长很有远见卓识。

淡大研究生院院长、学术交流委员会主任黄天中博士曾四次组团带学生来大陆参观访问,许多学生放弃去欧洲旅游的机会,纷纷报名来大陆"寻根"。淡大又是台湾第一个成立"中国大陆研究所"的。该所有两个专业,即经济贸易和文化教育,今年报考该所研究生的有二百五十人,录取三十人。

听说我们是大陆同胞,新认识的朋友以能约我们吃顿便饭而自豪。淡大安排我们去新竹科技园、高雄、台南等地参观。我们的教授朋友们挤时间带我们参观了高校、图书馆、书店以及各种民间机构。最使我难以忘却的是那血浓于水的手足情、同胞爱。因而,回到海南后忘记旅途疲劳,匆匆提笔。我不会写文章,也不是学中文的,我用心血将这篇拙作献给两岸同胞,愿你能读懂我的心。我期盼祖国早日和平统一。每一个属于这个时代的中国人对这段历史都应该负责任,对中华民族负责任,团结一心,使我们伟大的民族傲然屹立在世界东方。

1992年6月发表于《海南日报海外版》

丰子康三岁作品。

新闻偶感

台湾的新闻报道，透明度很高。每天的报纸横、竖排版不规则，看得我眼花缭乱，看不完的新闻，越是杀人、抢劫越是用黑色醒目的大标题。台湾当局很怕记者，记者穷追不舍，看见什么写什么。

在台湾看电视新闻，经常能看见在一个什么会议上，一群穿着西服革履的先生，挥动着拳头，手舞足蹈，情绪激亢地在争论着，有时还会扭在一块儿，打来打去，像初次上场的业余女子篮球队，几个人围在一起抢篮球。每每看见这种镜头，我的心就提到嗓子眼儿，担心他们随时随地"战斗"一场。

我经常打开电视看看新闻。播音先生的声音很像张宏民，宏亮而有力度，表现出中国男人的阳刚之美。而播音小姐却不太一样，她们天生丽质，大多穿旗袍或中式上衣，气质典雅，读音不是抑扬顿挫铿锵有劲，而是细腻圆润，听起来很平，娇声细语，娓娓动听，十足的中国"女人味"。

一天傍晚，一个令人毛骨悚然的新闻把我惊呆了。电视新闻报道：一辆载着二十多名幼稚园小朋友的大客车突然失火，一位二十多岁姓林的女老师在熊熊烈火中,抢救出一个又一个孩子,最后再无法救出小朋友时,她,一位年轻的女孩,没有逃生。当人们扑灭大火后,她还搂着两个孩子,但已被无情的火烧焦在车上。

看完这则新闻,我半晌说不出话来,只觉得泪水顺着脸颊不停垂落。她那么年轻,那么美丽,她正值青春灿烂的年华,她有享受人生一切幸福的权利。可是,她为了那些孩子,为了坚守那高尚的天职,毫不犹豫地尽了一名教师的责任。

她走了,她走得那么勇敢,那么绚丽,又那么年轻,那么……

那夜很长,我躺在床上辗转难眠,起身打开客厅的窗子,眺望夜空,天上的星星在不同的位置发着微光,亮了,灭了;聚了,散了。我心中默默念着林老师。生命如一本书,不在长而在精。这位平凡的姑娘,使我懂得了渺小与伟大,瞬间与永恒。

1992 年 6 月

海上奇葩——野柳

野柳,是台湾北海岸知名度最高的风景区,著名的游览胜地,终年游人不绝。

海风轻轻伴着我们愉快地奔驰在浪漫的北海岸线上。北海岸公路是台湾北部毗邻台湾海峡与太平洋的海岸公路,西起淡水,途经金山,东到基隆,主线全长73.3公里。公路一边靠山,一边临海。一路上,半岛与海湾反复出现,海浪拍打着岸边。那景观好像一幅淡青绢本上的绘画,又好像是一首豪放派诗人的代表作。在这种优美的氛围中,无论你有多沉稳、多世故,也会身不由己地浪漫起来。

我们赶到野柳时已是下午,风和日丽。海岸边怪石嶙峋,各种各样的礁石像一簇簇千姿百态的海石花。还有不同形状的天然海石雕。大海这位雕塑家用天工的神笔,雕刻出一座座惟妙惟肖的石头塑像,真是一个石头的"万国博览会。"你看那抬头挺胸、高鼻大眼,绾着高高头发,露着细长脖颈不可一世的"女王头";水晶般的"仙女鞋"造形十分逼真,活灵活现。还有千疮百孔历经沧桑的蜂容岩、整齐划一的豆腐岩、海蚀平台、珊瑚礁等,这一切都是大海的杰作。海浪经久不息地冲击，根据岩石的个性而勾勒出这奇特的图案。

野柳，真是海上——奇葩。

来到野柳我才知道，大海不仅是一位浪漫的诗人，还是一位天才的画家，深沉的雕塑家。

5月的野柳，天气并不很热。我摸着傲慢的"女王头"，极目远眺。穿过海石平台，在远离游人的海岸边，坐着一位身穿袈裟的僧人，如果不是那特别醒目的黄色袈裟，我怎么也无法辨认。我只能看见他的背影，他一动不动，身旁静无一人。他在祈祷什么？超凡脱俗之后，大海是否能是他心灵的净土？我呆呆想着。

人类能像大海一样宽容、博大就好了，那样就能把世界雕塑得如诗如画了。遗憾的是现代科技的发达，不是回归自然，而恰恰是远离自然。

晚霞映红了大海。回去的路上我想着"女王头""仙女鞋"，想着海边那穿袈裟的僧人。他在祈祷什么？他要想多久？他能想清楚吗？……

大海会知道。

1992年6月

龚鹏程这个人

我与龚鹏程先生相识在海南岛。

那是1991年1月,海南的冬天春意盎然。海南大学文学院与台湾淡江大学文学院联合举办"儒家文化与现代化"国际学术研讨会,我参与了筹办。整理论文资料时发现龚先生的论文近百篇,厚厚的专著十几本,从古代到现代,研究范围极广:哲学、文学、文化、思想史、美学、宗教,创作有散文、杂文、评论等。我不禁感叹道:"这老头真行,写了这么多书!"

站在我身边的王国华老师哈哈大笑:"人家不是老头,不到三十五岁,二十七岁博士毕业。现在是淡大的资深教授,文学院院长。还获过台湾的中山文艺奖、中兴文艺奖……"

这使我大开眼界,这么年轻,有这么多重量级的学术成果的学者的确罕见。

我们又议论了一番书的质量、印刷与封面设计。

在学术会议上,他貌不惊人,小个子,发起言来不是靠气势、音量、动作。他睿智幽默,诙谐中不失质朴,语气平易自然,娓娓道来。他的学术训练极好,语言逻辑性强,博古知今,条理清晰，才思敏捷，见解新颖而深刻，有一种温柔憨厚的儒家气质。他给人的印象，既传统又现代，既不可一世又谦诚率真，既像学者又像大侠，既有南方人的精明又有北方人的宽厚。

他的秘书江家莺小姐对我说，我们的院长不是任命，是竞选上的，首先他的学问做得好，大家才能服他，还要具备行政管理才能。

在海南七天的交往中，看得出龚先生对同人像朋友，非常亲切，没有院长的架子。大家也很尊重他。

我至今都没忘记我与龚先生相识时的情景。

开幕式刚结束，人们走出会议厅，互相自我介绍着，他身边围了许多人。离他不远几步，我还在与江小姐自我介绍，他走了过来，微笑着伸出手："龚鹏程。父亲是军人，我是国民党党员。"

不卑不亢是我的一贯风度，我也微笑着伸出手："张岚，父亲是军人，我是共产党员。"握着手并不觉他陌生可怕。我们都笑了，我们就这样相识了。没有丝毫敌意，那语气充满了诚实、爽真、信任、面对现实……

无论你是生在喜玛拉雅山还是阿里山，无论你饮淡水河的水还是黄河的水，无论你信仰什么，无论你走到哪里，无论你换了什么装扮，你都不能改变自己，最终你还是中华儿女。

游完海南岛后，龚先生高兴地对我说，来大陆十几次，海南印象最佳。海南的地理条件比台湾好。他还兴致勃勃赋诗两首：

南中高会俱高才，高睨大谈亦壮哉。

儒业浴身虽可乐,书生经世有奇哀。
凉夜偶然看北斗,尘霾忽若一时开。

游海南岛

海外谈瀛洲,荒唐谁与俦。
今兹赵儋耳,来论海国忧。
榴花发腊月,冬水碧油油。
地气日壮美,人物自温柔。
独惜膏粱地,尚为尽九畴。
珠崖如明月,遂素天之陬。
珠是鲛人泣,天则似有愁。
吾亦识珠者,对此正凝眸。

分别前的晚上,月亮又亮又圆。大家互送小纪念品。龚先生对我说道,这次回去出任"行政院"大陆委员会文化处处长,我很感动他对我的这般信任。我婉惜道:"太可惜了,我认为做不成学问的人才去当官。"

龚先生微笑着低语道:"我想让两岸关系良性互动,多些关怀。很多人没来过大陆,根本不了解大陆……"

我说:"两岸交流不对等,你们可以随便来,不让我们去看看。"

他耐心解释道:"台湾有许多法规,修改了你们当然能去。"
短短的七天他给我留下深刻的印象,是个不可多得的人才。
我们再见面是一年多后,在台北。

1992年5月12日，我们到达淡江大学文学院时已经是晚上8点多了，助教小姐说龚先生打过三次电话问我们到了没有。我们刚端起茶杯电话铃又响了，助教小姐说龚先生打来的，他分别对我和唐老师再三道歉，因开会未能去机场接我们。他请我们第二天下午在台北见面吃饭。

第二天我们乘着淡大的校车去台北，我在想做官以后的龚先生变了没有，说话是否打官腔，待人处事是否变得圆润"成熟"。我一直认为学者和政治家是两种不同的游戏规则，需要两种不同的素养，更大区别是学者要的是"良知"，而政治家要的是"目的"。

见到他，他一点没变，还是留着朴实的平头，只是穿上西服打着领带。吃饭时他微微松开领带说，他们要求上班必须穿西装打领带，他一点都不习惯，他最喜欢穿中式小褂。

我们谈得很融洽，虽久不见，也不觉得生疏，他没有一点官气，我调侃道："还是穷人家的孩子好，不容易变。"最难能可贵的是，他至今还保持着知识分子对时代的批判精神。

1992年6月22日的台湾《自立晚报》刊登了龚先生批判台湾官僚文化的文章，题为《政治需要真情实意》。

龚先生任职两年半中，的确为推进两岸文化交流实实在在做了许多事。这其中的痛苦与撕裂我是理解的。在繁忙的公务中，他从未停止过学术研究，还在著书、思考、阅读，大多是挑灯夜战，两年半之内又出了五本书。我问他是否用电脑写书，他说不用，用手写感觉好。在台湾，电脑普及家庭，尤其对于知识分子更是必备工具。

他笔下洋洋洒洒，一气呵成，但他从不夸夸其谈。

拜读龚先生的散文集《少年游》得知，他来自一个贫寒的家庭，父亲是军人，1949年到台后退役，靠摆地摊维持本家七口人的生活。他经常在一旁抄写父亲写的三字经，练毛笔字，难怪他现在写一手漂亮的书法。小时因贫买不起书，他便经常跑到书店、书摊白看书，一直等老板说："你买了吧？！"他记住页码，放下书，换一家书店接着看。为此，他也付出了代价，眼睛近视一千多度。

坦诚率真的龚先生还写道，小时因太喜欢书，又买不起书，便偷书，因而被罚跪，是一位好心的先生帮他买了那套书，从此，他再没偷过书。上大学时每顿饭只买两元台币的菜。

龚先生刻苦、勤奋，获得了一大串头衔：《国文天地》总编辑，《中国晨报》主笔，淡江大学文学院系主任及研究所所长，文学院院长，中国古典文学研究会理事长，中华道教学院副院长，国际佛学中心主任等，以及"行政院"大陆委员会文教处处长。

但我一直认为他是一位名副其实的学者、教授。

与龚鹏程先生相识结友，深感受益终生，无论学养、做人、读书、做学问，他都是我最好的老师。

1992年7月23日

多姿多彩的阳明山

清晨，微风徐徐。台湾著名诗人夫妇罗门、蓉子先生，画家张永村先生，带我们开始了一天的观光之旅。

张先生开上一辆银灰色小汽车，载着我们向闻名中外的风景游览胜地——阳明山公园驶去。

阳明山原名草山，位于台北盆地北方，有温泉、硫黄、瀑布、湖畔处，还有一千多种植物。山内有珍奇的鸟、青蛙、松鼠、蝴蝶，是台湾赏蝶的好地方。我很佩服张先生的车技。在被雾笼罩的蜿蜒山路上，只见他开着车灯，轻松地把着方向盘，边走边导游。

阳明山被绵絮云雾环绕，青山睡着了，全都隐没在雾色里，真有点神秘感。我们的车子在山崖边停下，这里就是著名的小油坑硫气孔。顺着张先生的声音我们来到火山形成的小油坑硫气孔，喷出的硫气与雾溶在一起。站在山崖边使人觉得腾云驾雾，我想象一群披着白色沙裙的仙女，正赤着足，踏着雾翩翩起舞。我感觉仿佛到了梦幻般的人间仙境，真是美妙极了！人间的烦恼、忧愁顿时抛到了九霄云外。

蓉子女士用她那温厚的手摸着我的肩膀，爱惜地说："张小姐快走，雾把衣服都打湿了……"我一脸稚气说不想走了，下到人间很烦。这雾能洗刷人的灵魂，使人永葆童心。在这里，老人可以返老还童，长生不老；年轻人青春永驻，美丽可爱。滔滔不绝的广告词，逗得大家都笑了起来。

快到中午，车停在半山腰，又是一幅令人心醉的景致。天忽然开朗了，阳明山万籁俱寂，雾轻轻走了，青山醒了，天晴了，阳光明媚。手扶护栏伫立在高台边，好似身入诗画，山岚、白云、彩虹交织着挂在湛蓝的天边。阳明山巍然矗立，对峙着悬崖峭壁，翠嶂青峰，一番深峻的气象。或许是人类高贵精神的浇注，才使得它这般伟岸雄姿。看着那幽深雄奇的气势，我想起了近代史，想起了战争，想起我们的河山如此壮美，而祖国偏又如此多灾多难……

往下看，又是一派风吹草低见牛羊的塞上风光：似曾相识的塞上牧场，千姿百态的花草树木。五彩缤纷的蝴蝶成双成对，相互追随，相互依偎，演出了一幕幕的"蝶恋花"。居高临下，向远方眺望，蜿蜒的基隆河、淡水河，繁华的台北市，尽入眼底……

这里还有许多景点，因时间紧，我们只能浮光掠影，流连忘返地匆匆告别这美不胜收的阳明山。

1992 年 7 月

台湾山地文化园区
—— 台湾纪行之二

山地文化区在台湾屏东县。其地青山翠谷，小桥流水，气候宜人。

台湾目前共有九个山地民族，其物质文化丰富多样，传统的山胞文化尤富原始性与粗犷性。

我们常常会认为"山地人""山地同胞"就是居住在高山的"一个民族"，事实上，这些名称的意思非常笼统，三百多年前汉族尚未大量移居台湾时，台湾土著民族的分布遍及台湾全岛，其中包含了原居住在西海岸平原及兰阳平原，现已被汉人同化的"平埔族"。目前学术上的习惯称谓"高山族"，包括了在台湾分布相当广阔，语言和文化差别又很大的泰雅族、赛夏族、曹族、布农族、鲁凯族、排湾族、阿美族、卑南族和雅美族九族。

台湾山地文化园区成立于1986年，园区动静态结合，静态主要以"大众化文物馆""传统建筑""生活形态"等方式展出，使游客从朴拙、粗犷的山地文物中，了解欣赏到台湾山胞的传统特色。动态主要是歌舞，将传统的山地歌舞整理出来，通过歌舞，令游客们对高山族传统文化精神产生视觉上的体认。

我们观看了歌舞表演，还看了山地族人恋爱、结婚的礼俗。表演最后邀请游客上台一起跳舞，我也登台体验了山地族舞蹈的韵味。

无论是参观山地文化区还是观看佛光山的佛像，虽然五光十色，但我还是感觉到人工雕琢的味很浓，这或许是现代化不能避免的遗憾。当然，不难看出，台湾人继承发扬中国文化传统的另一面。

1992年7月发表于《海南日报海外版》

丰子康五岁作品。

淡江大学
——台湾纪行之三

淡江大学是一所没有围墙的大学。该校位于台北淡水镇，成立于1950年，是私立大学，拥有七个学院，十八个研究所，三十一个学系，以及夜间学院十七个学系。学生超过两万名，是目前台湾省发展最迅速的大学。现颁授文、理、工商、管理学士学位，并颁授十八学门的硕士学位及博士学位。

淡江大学是台湾私立大学中划设最早、发展最快、男女合校的高等学府。

淡大校本部设在五虎山岗上，眺望观音山，俯瞰淡水河及台湾海峡，校园宛如一座花园，长满亚热带花木。校花是杜鹃，学校的每一棵树都被修剪得像一个盆景。校园里山明水秀，鸟语花香。每早5点多钟，我就被窗外的鸟声、园内琅琅的读书声叫醒。

这里的学生勤奋又朴实，穿着随便，大多是T恤衫、旅游鞋，女同学留着直发。因住房紧张，学校只有女生宿舍。

淡大的教授一般都有博士学位，教授定期必须出著作和论文，否则就会被解聘，并非终身制。淡大教授每月薪水约八万台币（折人民币一万六千元），但大多数人买不起房子，只好租房子住，要买房子，必须勤奋工作十多年。现在台北"钻石地带"的房子，三十六块地板砖约需四十万台币（折人民币八万元）。很多人买房子都是先贷款，要多干事才能够赚钱还清贷款。所以台湾人时间观念极强，生活节奏快。他们珍惜时间，因为时间就是金钱。在台湾一般人都有开车、电脑打字等生存技能。知识分子靠讲课、写书、办讲座和各种基金会等生存。

一天，淡大的研究生何大任先生开车带我们去屏东九族文化区参观，公路两边是芒果树和荔枝树，硕果累累，旁边就是一所小学。看着熟透了的芒果和荔枝，我问大任："是不是道德规范好，为什么小孩都不摘果子？"大任笑道，"不是。是不稀罕。"我敬佩大任的诚实和坦率，和他们相处十分轻松愉快，只是干起工作来的紧张劲儿我跟不上。

淡大研究生院院长、学术交流委员会主任黄天中博士邀请我与唐教授列席淡大的学交会。会上成员围成一圈，每人面前摆着一个麦克风。当主任秘书念完每一个"案例"（指项目），委员们便发言提出意见。最后主任宣布他的决定，委员们可质疑，你为什么这样做？我以为应该怎样做。

我认识的几位淡大女教授，为了事业人到中年都未成家，似乎没有谈恋爱的时间，青春在读书中度过。台湾考试制度严格，读书年限却可延长，累计学分够了便能拿文凭，也有读博士读七八年的。只要你愿学习，每个人都有终身受教育的机会。这些女士不以自己是博士、教授而傲慢，反之素养极高，谦和温柔，说话慢声细气。在台湾每天要说几十个谢谢，学生乘坐校车，下车时每一个人都向司机先生点一下头说谢谢。

淡大的校风是朴实、刚毅，难怪他们的师生给我的印象是谦诚、朴实、刚毅、勤奋。我问好友淡大中文系主任、中文研究所所长王文进先生，为什么喜欢在淡大任教？他简单而深情地告诉我："我爱大屯山，大屯山是我的信仰。每个人心中都有一座山。在人生的旅程中，心中那座山将沉甸甸地给你依靠，给你鼓舞。"我望着他敦厚、朴实的样子会心笑了笑。是呀，我们每一个人心中都有自己的一座山，是自己在生活中奋进的凭借和支撑。

1992年7月发表于《海南日报海外版》

丰子安六岁半作品。

两位计程车司机
—— 台湾纪行之四

在台湾，每天都是老朋新友带我们出去参观，看得出他们想多找机会和我们聊聊，另外也怕我们走失了。但我很想自己去看看台北，来了半个月，只是参观高校、书店，还没有逛过商场。临行前女儿潇潇交我一项任务，给她买个台湾的布娃娃，这个任务无论如何都要完成。一天，下着小雨，台北烟雨茫茫，因我不熟悉台北的交通，只好叫了辆计程车。司机的河北口音，使我倍感亲切，当我说我是从大陆来的河北同乡时，他十分兴奋地说："你们终于能来了，有些人想闹'台独'，怎么可能，骨肉情怎么能分得开？"并热情地邀请我吃便饭。他十分真诚，但我还是婉言谢绝了，因为我们每天都有约会。

太平洋崇光商场是台北最大的商场，我转了一圈，觉得物价极高，一套中档女套裙约四五千元台币（折人民币八百至一千元），尽管服装式样新颖。走到儿童玩具柜台一看，一个布娃娃，也要两三千元台币。这些玩具主要是从美国、日本进口的。我下了很大决心给女儿买了一个四百元台币的台湾产的布娃娃。我的台湾女友告诉我,她们也不上大商场买衣物,在小店买能便宜百分之三四十。到大商场购物的大多是商人,当老师的消费不起。走出崇光商场,天又下起毛毛小雨。我要坐计程车赶到淡大城区部,再坐校车返回淡水镇。开车的是一位十八岁的小伙子,台湾籍人。他告诉我说他的祖先是从福建来的。我说去淡大城区部,他不知那地方在哪儿,他不是专业司机,白天有工作,晚上兼职开车。当我对他说我是从大陆来的,不知道街道名称,他马上安慰我:"你别急。我问别人晓得不,如果赶不上回淡水镇的校车,我送你回。"我们几经周折找到了城区部。他说,如果我是台湾人他会请我另搭车,只因为我是大陆同胞,他愿义务送我,不收费。

只因为我是从大陆来的,便受到许多台胞热情真挚的接待,即使在商品化、都市化的台北,也继承着中国人的传统。悠悠故乡情,浓浓人情味。我自豪,我是一个中国人。

1992年7月发表于《海南日报海外版》

"硅谷"
—— 台湾纪行之五

听说台湾有个"硅谷",早就希望看看这"硅谷"——新竹科学工业园区是个什么样子。园区位于山明水秀、四季宜人的新竹地区,距台北约一个小时车程,到桃园中正国际机场约四十分钟,高速公路贯穿园区,交通四通八达,极为方便。

在台湾我们时间观念极强。上午参观完台湾大学,到了中午,林玫仪教授夫妇开车带我们去参观科学园区。为了赶时间,汽车一边走,我们一边摇摇晃晃地吃完"便当"。在汽车里吃饭我还是第一次,别有一番情趣。我们的车在高速公路上向台北的西南方驶去,不一会儿,车突然慢了下来,像牛车似的慢慢移动,林教授告诉我们说:"塞车了。"在台北"塞车"我已经习以为常了,因为汽车太多。但我没想到高速公路也会"塞车"。林教授打开车里的收音机,才知道前方发生了交通事故。但我们已无法改道。我很惊讶他们的新闻播报这样快。林教授告诉我是因为专门设有交通台,随时报道交通状况。就这样,本来一小时的路,我们足足走了两个半小时。

公园式的科学园区，宽敞平坦的花园大道，绿草如茵，鲜花簇簇，每一个建筑物前都有一块草坪。让人感到新奇的是，在鹅卵石铺成的地面上用深褐色的石头堆成的太极拳造型，既生动，又逼真。

园区内没有高层建筑，不同式样的别墅掩映在树丛中。标准厂房区也看不见一条烟囱。园区生活环境幽雅，服务设施配套，有中小学、游泳池、网球场、人工湖、中西餐厅、电影院、超级市场、银行、邮局，简直像一个小社会。这个科学园区没有围墙，但有警察。整个园区给我的印象宛如一块绿色地毯上编织的不同形状的图案。

我们的红色小汽车，缓缓停在一幢褐色楼房前，茶色大玻璃门窗显得格外肃穆，这就是新竹科学园管理局。

留美的中年经济管理硕士张先生谦虚认真地给我们做了介绍：新竹科学工业园区设立于1980年，占地面积二千一百公顷，园区的景观从一片荒芜到绿意盎然，厂家由十七家增长到一百三十五家。园区产业分为六大类，有电脑及其周边设备、集成电路、通讯、光电、精密机械、生物技术。产品除内销外，主要销往北美、英国、荷兰、中国香港等地。全世界百分之十的个人电脑来自台湾，这百分之十中就有百分之四十来自新竹科学园区。

我问张先生，你们取得成功的最重要经验是什么？他不假思索，脱口而出："是人，是吸引人才。"他们直接与著名高校合作培养人才。在美国，华人科学家地位并不高，升到主管很不容易。为了吸引高科技人才，他们首先使园区的人文生活环境学院化、社区化、公园化,吸引海外学者回来,薪金与美国相差不大,主要解决好家属与孩子的问题,让他们在这里生根。目前海外学者回来投资的有五十七家。只有制订出科学的管理措施、发展计划,选定投资项目,才能制造出"人无我有"的产品。这一切都靠的是人。我相信:有什么样的人就能做什么样的事。

夕阳西下,我们告别了张先生,告别了新竹科学园区。汽车飞快地在高速公路上行驶,我摇下车窗玻璃,望着一片片被我们抛在身后的葱茏林木,不禁感慨时间的飞逝。还好,回来的路上再没有"塞车"。

1992年7月发表于《海南日报海外版》

丰子安七岁作品。

哦，台北

说来真巧，我在台北逗留的日子，几乎都赶上小雨。每想起台湾我首先想起雨中的台北。涓丝般的小雨，又轻又细，凉爽美好，让人思恋。

台北市位于台湾岛北部盆地中央，面积约二百七十二平方公里，人口约二百四十五万人，是台湾省政治、经济、文化、交通的中心，是台湾的第一大城市，也是世界性的现代化都市。

台北是台湾高等学府最多的城市，有二十三所大专院校。时间原因我们只能走马观花，看了看台湾师范大学和台湾大学。台湾大学校园内有一个古朴的钟，建筑风格很像北大。

此外，台湾的新闻、出版、广播、电视中心和最大的图书馆、博物馆也都设在这里。

台北交通发达，南北高速公路穿过台北，有现代化的大车站、港口、航空港。

台北市四周与台北县接壤，周围环绕着一系列的高山、丘陵，林木葱秀，有如天然屏障。流经台北的淡水河及其支流基隆河、新店溪，分别从西、北、南三面围绕市区，使这座依山傍水的城市显得十分壮丽，尤其是西侧的淡水河上坐落着台北、淡水、重阳、忠孝等九座大桥。我在台湾每天都乘车往返淡水与台北，领略这座美丽的城市。

台北占地面积并不很大，但她包含的内容却很丰富。

台北城市繁华整洁，马路宽阔，即使走进高楼区的街道，也不觉街道狭长。路边的各种树木修剪整齐，很有点南京的风格。台北市主要街道大多以大陆省市名称命名。建筑风格以中国石工建筑为基调，有中西合璧的，还点缀着欧式和日本风格的建筑。

台湾给我的印象：以中国文化为主，包含西方和日本文化。到台湾第二天，朋友带我们去参观几个私人开的小店，这些店都不大，房间约八十多平方米。走进一家卖国画的小店，店主得知我们是大陆同胞，热情详细地给我们介绍。这些画大多是山水画，价格很高。当然，画的质量很一般，店主告诉我他的生意很好。我在想，如果大陆的许多国画大师去台湾卖画，一定会变成大富翁。

绕过两条小巷，我们又走进一家小店，这家店主做古董生意，有古代家具，我说是仿造的，店主说是真的。还有各种瓶、罐、砖、瓦、小兵马俑。看见那些破铜烂瓦，我不禁想起童年在北方，到处都是，城墙上的砖，庙上的瓦。

台北是一个图书城市，到处都有书店、书局，占地面积都很小，但环境十分典雅，整洁恬静。台湾的室内装修很漂亮，室内都装有空调。也有许多人得"空调病"，肩酸臂痛。

朋友告诉我，台湾有三千二百多家出版社。各种图书、杂志的印刷、设计都很漂亮，显得很现代。书价格很贵，一般一本书在二百元台币左右（折人民币四十元）。我去了十多家书店，有些书店还设有咖啡厅，但无音乐。没有人大声喧哗。台湾人很有礼貌，即使在拥挤的马路上擦肩而过，他们也会伴着急匆匆的脚步微点着头说："对不起！"每家店门口都有一个雨伞架，每人进去时都很自觉地把雨伞放在上面。台湾人留给我的印象是自己管自己。

台湾实行版税制，知识分子靠写书维持生活。书琳琅满目，品种丰富。我在书店里还见过马克思的《资本论》和《毛泽东诗词选》，以及蒋介石前夫人陈洁茹的自传。当然，有些书排版、校对还有缺憾，尽管如此，我还是很赞叹只有两千万人口的台湾却有三千二百多家出版社。

台北有各种基金会和宗教组织。我参观了朋友办的"民俗基金会""自然基金会""佛学研究中心"这些基金会大多是知识分子与企业界、商界联合，做一些社会福利、文化、咨询等工作。

台湾四教合一，主要有儒、佛、道、基督教。经常见到庙堂、教堂。庙堂内供着各种神，香火旺盛。我看不懂这些神都分管什么。但我知道这些善男信女有各种愿望和祈祷。祈祷吧，中华儿女。我祈祷祖国繁荣昌盛，每一个中国人都过好日子。我祈祷中国文化源远流长，为人类文明与世界和平做出贡献。

当我们走到一幢四方四正、灰墙黄顶的中国古殿式建筑前，感到一种庄严肃穆的氛围，这就是"国父纪念馆"。走进宽阔的大厅，孙中山先生的铜像坐落在中央。铜像高五点八米，台座高三点一米。纪念馆有各种展室、画廊、图书馆、演讲室、视听中心等，我们特意参观了大陆经济改革的展览。

走出"国父纪念馆",魏子云先生和台湾大学中文系的王葆珍教授又带我们去参观"中正纪念堂。"王问我能不能去?我们说:蒋中正是一个历史人物,有什么不能去?

"中正纪念堂"位于台北市中心,面向中山南路。"中正纪念堂"比"国父纪念馆"绚丽多了,建筑风格有点像南京的中山陵,很气派。大门是一个牌楼,白墙蓝瓦,颜色反差大,显得格外醒目。

进了大门直走长约三百八十米、宽四十米,用白砖铺成的大道,有一个天檀顶,金字塔体,外壁均嵌着白色大理石。双层人字形屋顶铺着蓝色的琉璃瓦,尖端是个金黄的宝顶。踏上几十节石台阶,里面有一座高六点三米的蒋中正铜像。

从台阶下来,我们又分别参观了大门两侧的戏剧院和音乐厅。外形是中国古建筑,里面的设计装修很像欧洲歌剧院,灯光、设备都是世界一流的。我摸着紫红色大园柱上自然的花纹,魏老先生告诉我,那是从非洲运来的紫色虎皮木,价格昂贵。修建这个纪念堂大约用了七十四亿台币。当然,戏剧院和音乐厅使用价值还是很大,经常有各种文化活动在这里举办。我们正赶上看"中国乐器特展"。

夜幕低垂,华灯初上。我毫无目的地漫步在忠孝西路。看着四周的建筑,各种图案的广告牌,看着来去匆匆的人群,我走着想着,想着走着。那天我想了很多。台湾的地貌并不理想,三千米以上高的山有一百座。许多建筑都修在山上。不难看出台湾人拥有中华民族勤劳、智慧、勇敢、节俭的优秀品质。街灯散发着微黄的光晕。街上车水马龙,川流不息。细细的小雨像一个雨帘，车灯穿过雨帘折射出七色的光环。我突然感到生命是混沌的。这些光尤如从混沌的自然生命中放射的一道道青光，每道光都在曲折中发展，那光源是一个神秘莫测的深渊……

1992年7月

丰子康三岁作品。

"京兆尹"

回到海南,亲朋好友问我台湾什么最好吃?在台湾十八天,大餐小餐,中餐西餐,还有那丰富多样的台湾小吃,最使我怀念的还是"京兆尹"的北京风味。

一天,林安悟博士带我们参观完后,因为我是河北人,特意请我们去吃北方风味。

京兆,在古时表示国家首都,这个饭店老板家族姓是尹,他的故乡在北京,所以饭店叫"京兆尹"。

走进"京兆尹",房间并不大,干净古朴,装修高雅,古色古香。屋子中间挂了一幅清朝皇帝的画像,对联是:"回忆故都风味,享受皇帝口福。"一张八仙桌上摆着各种供品,墙上点缀着不同形状的我国古代字画,餐具模仿皇家餐具制作,以黄色为基调,碗、筷、碟子上雕刻着龙、凤等各种图腾的图案,显得富丽堂皇。再配上一套紫砂泥壶,氛围美妙极了。平时吃饭我都很谦让,那天我看什么都好,每样甜品都精雕细做,像工艺品。我要了精美的黄色小窝头、桂花凉糕、豌豆黄、芸豆糕、芝麻烧饼、酸菜白肉粉丝等。实在怕吃不完,才不敢再多要。安悟先生看我那般高兴,劝我多要点,我说:"不能再要,吃不了要浪费。"他热情地说:"不要紧,我们大家帮你吃,多尝尝。"他又点了馄饨、牛筋面、绿豆糕、山楂酪等。我们边吃边聊,谈起中国饮食文化,非常亲切。在这种亲切的气氛中,我才注意到安悟先生穿着一件黑丝绒中式对襟上衣,温柔敦厚,颇具儒家风度。若不是安悟先生自己告诉我,我真看不出他祖籍是台湾。在台湾经常看到穿中式小褂的先生和穿旗袍的女士。无论饮食、服饰、习俗、文化,还是伦理、观念、传统,他们都继承着中国传统文化。台湾的确不是我来之前想象的"小家子气",而是包含的内容很多。

其实"京兆尹"的这些小吃多半我自己会做,因爸妈是河北人,我经常自己做,每年去北京也会专门去吃一下这些小吃。

那天我吃得好开心,我没想到在台湾能有人把京味做得这样地道,我这个地道的北方人很佩服这家店主。

安悟先生告诉女店主,我是从大陆来的北方人,那位小姐又特意送上驴打滚、八宝窝头等名点让我品尝。她讲话略带京腔,我问她你父亲一定是北京人,她说她公公是北京人,现在不在家,去北京了,她是地道的台湾人。当我夸奖她们的小吃味道很纯正时,她说:"因为是家传的手艺,所以味道不变。欢迎你再来。"她还说想去大陆看看。在台湾的书店、街摊遇上互不相识的人,只要你说是大陆来的,他们都会十分和蔼亲切地接待你。特殊的时代,让我们保留了这胜似亲人的特殊情感。

精致的午餐,余味无穷。下次去台湾一定先去"京兆尹"。

1992 年 7 月

佛光山

佛光山位于台湾高雄县大树乡，为星云法师所创。寺庙建筑宏伟，为中国式宫殿。四周的围墙上，有上万个小洞，供奉着精雕的小佛像，镶嵌着各种精美玲珑的小花盆，盆里种植了许多花，鲜花簇簇，万紫千红。佛像和鲜花斜躺在石头墙壁上，浑然一体，工程浩大而细腻，十分壮美，令人肃然起敬。

佛光山不仅是台湾著名的佛教观光圣地，也是台湾的佛教中心。所有建筑中以大雄宝殿最为雄伟瑰丽。

淡金色的阳光拥着我们走进殿内，释迦牟尼佛、阿弥陀佛及药师佛，三佛皆二丈高，无比壮严神圣。身临其境，一片金色，顿时感到佛光普照，天地生辉。

我已经习惯了没有宗教信仰的生活，在我的成长中，我所知道的是一切宗教都是封建迷信，是巫术。

英国著名社会人类学教授詹姆斯·齐治·弗雷泽（J. G. Frazer）认为宗教起源于巫术。但是他又在巫术和宗教之间，从本质上划了一道鸿沟。

伟大的哲学家黑格尔则认为：巫术包括在宗教之中，他承认存有巫术的宗教，这是宗教的最早阶段，也就是原始时期。

宗教对人类文化的贡献是不能磨灭的。

台湾人可以不信仰主义（资本主义、三民主义），但宗教信仰从未衰退。常能见到金壁辉煌的庙宇、佛像和古朴典雅的佛塔、雕刻，体现了宗教色彩和民族特色的完美结合。也能见到白色锥形的西式教堂。

寺庙内供奉着各种神。看着这些精雕细作、金碧辉煌的佛像，我不禁想起在大陆的祖先留下的那栩栩如生的泥塑佛像。

这里香客不断，香火旺盛。我不懂这些神都分管什么，但我知道这些善男信女都怀有各种愿望和祈祷。我也虔诚地点燃了一炷香，在一位师父的指点下拜了三下。我祈祷祖国繁荣昌盛，每一个中国人都过上富有的日子，不再让海外游子浪迹天涯，无家可归。我祈祷中国文化源远流长，为人类文明与世界和平做出贡献。

佛光山留下我虔诚的祈祷。

1992 年 8 月

淡水河边

开了一天紧张热烈的学术会议,朋友带我们去淡水河边散步。

淡水镇,是淡水河的入海口,这个小镇是台湾北部汉人入台的据点,也是西班牙、荷兰人经管台湾的入口;中法战争时期,在淡水大战了一场,法国才退去。历史源远流长,华夷汉番古今杂陈,构成了奇特的人文及经济景观,的确很迷人。20世纪70年代中期台湾报道文学热潮兴起时,许多文艺工作者到淡水来流浪、写作、画画、作曲、摄影、清淡聊天。略带沧桑的气氛,颓废的浪漫情调,很投合现代主义知识分子的口味。近十年,热点则转移到关怀保护自然资源上来。如淡水河污染问题、水鸟保护、红树林资源、核能发电之类。也产生了许多相关的文学作品。所以淡水河跟台湾北部人文意识及文艺之发展均有深刻的关系。

世界上凡是繁华的城市都有河流贯穿。巴黎的塞纳河,伦敦的泰晤士河,莫斯科的莫斯科河,北京的大运河,上海的黄浦江,台北的淡水河。河流是人类文明的起源。

月光溶溶,海风拂面,我们十几个人谈笑风生,三三两两漫步在淡水河边。朋友遗憾地告诉我,淡水河现在污染很严重。他又用手指着对岸的山说,他经常坐在那山上遥望大陆,能看见福建。他不仅爱两千万,也热爱十二亿两千万,不仅爱台湾,对整个中国亦有着不能割舍的感情。借着月光我看到了他那份深情与执着。他的语气虽平淡,却像海涛一样,深深地撞击着我的心扉,翻腾不息的波涛向岸边卷来,又随浪而去,就这样周而复始。

岸边有一位中年人用手在不同形状的鹅卵石上刻着祖国的风光,特别精致。

伴着海浪声,他又给我讲了一位台湾人的"故事"……

从前,我有位杰出的朋友,名叫李双泽。能文能唱,出国求学后回来,提倡校园民歌、乡土文学,少年英杰掀起了台湾20世纪70年代中期最澎湃的文化运动。我也是当年这一运动的战士。台湾从美式文化的洪流中扭身出来,走出一条属于中国文化的道路,皆导因于那次运动。这个运动本身就是一个凄美而又悲壮的故事。

李双泽抱着吉他,弹唱起中国民族韵声,创作《少年中国》等民歌。但有一次在淡水海,他看到一位美国小孩在游泳,即将溺毙。他跳下海去救人,小孩救起了,他却永远不再能回来。文艺界为此在淡水海边举行了一场感人的祭礼。他的父母哀伤不已。当时有人安慰他们说:"你们的儿子不属于你们,也不属于他自己,这个人生来就属于他人,属于这个时代。"这句话是残酷的,但形容双泽再好不过……

空气中饱含着海洋的咸味,溅到我们脸上的浪沫也是咸的,如同人的眼泪。这股咸味我太熟悉了,我抿了一下嘴唇,是咸的,分不清是海水还是泪水……

1993年3月24日发表于《海南日报》

丰子安六岁作品。

再忆台湾

光阴似箭,转眼我回琼一年多了。台湾的友情、人情,台湾的教育、经济,及对中国文化的发扬与继承,传统与现代的结合,台湾商业繁荣,民生富庶,学生尊师重道,令人感叹。台湾的风光、山水、风土人情,还有那人文精神尚好的台湾人,至今历历在目,记忆忧新。

赴台回来后断断续续写了几篇文章,总觉得没能道出我更多的真实感受。

清晨,我跑到海甸岛白沙门的海边,跳进大海追随从东方海岸线冉冉升起的红日,我拼命游呀……追呀……似乎祈求太阳能给我答案。……

太阳是追不到的,可笑我夸父般的荒诞。但宽厚的大海却给了我勇气和信心。

躺在温柔白细的沙滩上,仰望万里蓝天,一弯淡淡的月牙儿还挂在天上,日月同辉,天地合一,淡水海和我面前的海都是我不能割舍的中国海。

傍晚,我漫步在海南大学的椰林大道上,椰风阵阵。我摸着笔直的椰树干，树叶似少女飘逸的长发，在晚风中摇曳，倒像一个生长蛮荒的美丽少女，不施脂粉，另有风流，那苍莽中的娇媚，淡青色的月光，衬托着她深深的思念，凄美的清冷，却更增其悠然出尘之致。这椰树和台湾的椰树一模一样，像一对孪生姐妹，一个在台湾一个在海南，无数条根穿山过海伸向台湾海峡。我的心绪又重新回到在台湾的十八天。由于爱好和兴趣所使，更多的是对台湾的教育、文化、风土人情的颇多感触，我又获得了这种心境，一种坦然出世的心境，我要赶紧抓住这个暑假，用整块的时间来回忆台湾。我知道，如果不写我对台湾的真实感受，我一直会想下去，遗憾会缭绕着我，使我不安。

灯下，我又重新打开台湾友人送我的台湾地图，女儿凑了过来问我："妈妈，阿里山在哪里？姊妹潭什么样？"没允我回答，她又仰着天真无邪的小脸，似乎是用探究真理的口气问我："妈妈，台湾到底好不好？！"我用手轻轻地抚摸着她的头说："你长大用自己的眼睛去看。"但愿等她长大，能自由自在地爬阿里山，登阳明山，游淡水河……

我用一个普通人的眼睛观看了台湾十八天，不全面，但感受却是真实的。此时，我的心终于又重新回到那人、那山、那海之中……

1993 年 7 月

第三辑 随笔（杂记）

1.

　　夜咳,开灯又读许先生的好文章,二十多年前我听过他的演讲,思想深刻的江南才子,读这篇文章更加理性。有点体会:一是关于和谐与竞争,不应该是矛盾对立的,和谐是目的、是社会形态,竞争是手段、是方法,只有通过公平竞争才能达到最终的和谐;关于公平竞争老祖宗讲了很多,如"不患寡而患不均",这个不均其实就是不公;社会的一切矛盾基本都是公平公正的问题,当然这和制定规则并能遵守规则的诚信文化相关。二是关于清末文明的衰落,还是回到老课题,张之洞的"中体西用,还是西体中用",面对西方的文明,我们到底选择什么?难道几千年的华夏文明都是封建的吗?亨廷顿写的《文明的冲突》是否应是文化的冲突;三是关于达尔文的进化论,适者生存及美国现实主义哲学,存在的就是合理的,等等,的确在现实生活中适用,但是美国社会围绕这个理念有一整套文化价值法律来支撑,无论怎样它也逃不出弱肉强食、大鱼吃小鱼的资本主义生物链,当然他们有一批理性的哲学家和学者,不断研究治理,如马克斯·韦伯的《新教伦理与资本主义》等;我很赞同富强不能压倒文明。富不代表贵啊!从我们做起,我们如何做?一个民族的消亡首先自语言、文字、文化、文明,玛雅文明消亡证明了如此。教育和宣传很重要,尤其是教育,西方文明的确有它的灿烂,但中华儿女怎么继承中华的文明,的确是很严峻的问题。

2014年2月25日

2.

到了我们这个年龄特别留恋纯真。我小外孙女经常带给我惊奇和快乐,她走起路有点她特有的小气质。我用周末时间给她织了件红毛衣,的确有些拙,这是我一针针一线线编织着我的祝福与希望。我们的生活永远像孩子们那样简单透明清纯该多好,可惜的是,我们却失去了欣赏、存留纯真的能力。愿孩子们永远纯真地生活。永远有多远。

2015年1月18日

3.

出差,在北京机场候机,飞机晚点,不知道怎么打发时间,跑进书店一眼看到书架上的《瓦尔登湖》。翻开一看是早年的美国文学,我青年时代读过一些美国小说,记忆最深的是霍桑的《红字》。多年不读小说了,因为我平日爱山更加爱水,因为水是有灵性的,但我并不是智者。上了飞机,在黄色温馨的射灯照耀下只看了几十页,飞机就下降了,心想今天的飞机飞得太快。没想到昨夜为读这本书失眠,梭罗太厉害了,这个19世纪的老头大量引用古希腊、古罗马、印度和中国的典籍,用上千种的植物动物以哲学的思维来成就这本伟著。我多么想去瓦尔登湖重温梭罗的印记,身不由己,只好选几张龙潭湖的照片献给朋友们,反正它也是湖,可惜没有梭罗能与我对话。

2015年10月21日

4. 莫名地喜欢村上的文字

北京的各种书店越来越多，好久没有去书店了。今天约女儿在嘉里中心见面，我先到了，便走进一家小书店买了两本书，然后去星巴克喝了杯红茶。音乐声在耳边环绕，周围几乎都是谈生意的，我并不想听别人说话，于是就打开了村上春树的《旅》，一切杂音都听不见了，走进村上的世界比读福山、哈耶克、亨廷顿的书轻松。村上的文字亲切又有质感，娓娓道来，每段文字都透着人生旅途的历练、思考和感悟。像幽谷山林中一弯清泉滋润着人的心灵。他说："人生很长，很容易把日子过得莫名其妙。"他又说："没有什么事情可以持续一生一世，任何人、任何事，时间一到，都要离散。"人生的确是不同阶段的旅程，每个阶段做好自己应该做的事情，这或许就是生命旅程存在的意义。

我的日子没有过得莫名其妙，但却莫名其妙地喜欢上了村上的文字。

中午，女儿如约而来，告诉我她到北大上学了，读北大和西北大学合办的双硕士学位的英文工商管理班，实为高兴。北大是我最喜欢的大学，中国近现代史的名人多出自北大，了解北大也就了解了中国近现代史的主要内容。我欣赏的好友多与北大有缘，他们身上总是有北大的味道，或许也就是北大的精神。

2016年9月

5.

　　这次集中学习备受教育，上课时间：早上9点至11点半；下午2点半至5点；晚上6点半至9点，内容丰富。为了全员培训，党校把办公室改为学员宿舍，所以房间没有卫生间，党校管理很好，非常干净。我每晚坚持12点睡觉，这样夜里就不用起夜，但是偶尔夜里还是要走过这长廊解决内急。费力回忆最后住的房间没有卫生间是哪一年？三十五年前了，那是在大西北。只顾往前走，真的没有去回忆过去的日子，特别是这十几年我们有车坐，有房住，没有体会到没有厕所用的群众，无论风雨还是冰天雪地，夜里怎么往公厕跑？中心城区也还有很多这样的居民，棚户区、违建，交通拥堵，环境污染等，城市管理方面我们的确还有历史的欠账。人类的生活方式决定了文明程度。生活在教育着我们，建设国际一流的和谐宜居之都任重道远。

2017年11月22日

6. 致我亲爱的母亲

　　妈妈您好吗？今天是您离开我们一周年的日子，我不知道什么样的方式是最好的纪念，只选了这三张照片，因为您最喜欢大喜鹊。您与父亲团聚了，您说一生做善事能上天堂。您可知道您离开我们的日子，我都不敢看您的照片，夜里想您我还怪您也不托梦给我，是怕打扰我。您是我见过的最坚强最乐观的母亲，从我记事起您就患有癫痫病，无数次的跌倒您都站了起来。特别是父亲去世的四十一年里,您用您柔弱而坚强的身躯、毕生的精力和勤劳的汗水撑起了我们的家,给了我们一片天空,养育了我们兄妹四人,您的宽厚善良成为我们的家风。

妈妈,原谅我没能最后时刻在您身边送您,原谅我很少陪在您身边,即使您最后一次胯关节骨折,也是催我快回去上班,别耽误了工作。您就是这样先为别人着想。妈妈,我有很多遗憾,唯一可安慰我的是您可以与父亲在一起了,我相信您一定在天堂过得安好,因为您一生行善。原谅我无法去您墓前拜祭,只有以这种方式怀念您,您最能包容我,因为在我心中您是最平凡善良却又伟大的母亲。

2017 年 12 月 9 日

7.

看了这篇短文,想起我第一个朋友是一年级的班长高秀梅。那是一个寒冬腊月,我们家从银川搬到灵武,大卡车从黄河结的冰上开过,我非常思念朋友,用错别字和拼音写信,坚持了三年。我只回银川见过她一次,以后就天南海北再没见过面。那时她只有六七岁,学习好,纯朴善良,班里的同学都很佩服她。我从小就不能广泛团结同学,一生只喜欢与正直善良、有才华或者厚道诚实的人交朋友,真是江山难改,本性难移。大江南北,许多的朋友和老师还有老领导都不再见面了,但时常还是在心中想念他们,我喜欢"友直、友谅、友多闻",孔圣人的择友标准。虽然我忘了联系,但人生到老的友人从没忘却,他们的人品和才华刻在我心中，影响并激励着我前行，否则江湖上的风雪谁能顶得住啊？借此感谢我的朋友和老师，谁说精神不管用啊。

2017 年 12 月 3 日

8.

推荐影片《芳华》。今晚去看了议论了几个月的电影《芳华》，含泪看完，久久不能平静。每个细节都看出了导演冯小刚的功底，很真实。有人问："《芳华》和《红色娘子军》哪个真实？"我认为都真实，只是表现了不同的历史时期。有人说："写得太惨了，经历战争后一个残了，一个精神分裂。"我却更加崇敬我们的军人，是他们用生命保护了我们的国家。我们应该思考如何保留他们的军人身份。总之，我们的日子过好了，但不能忘却他们的牺牲和贡献。五十岁以上的人，经历过"文革"的人看这部影片会身临其境。近两年来反思"文革"的两部片子，一是《归来》，一是《芳华》，都出自女作家严歌苓，颇见其功力深厚。一个有能力反思的民族才能有文化的自信。如果冯导能让男、女主角刘峰和何小萍有一段精彩的芭蕾舞表演，效果会更好。让我们从不同的角度来爱我们的祖国。

2017 年 12 月 19 日

9.

刚看完电影《无问西东》。天冷有风无雪，雪花又爽约了。

被电影故事和人物所感动，虽说不是我想象的重点写西南联大那些学贯中西的先生及优秀的学生，写他们获得了多少世界级奖项。作者更高明地写了四代人的青春和选择，谁都离不开时代背景，但你也可选择。这部电影用真实、正直、善良、勇敢支撑了清华的精神：立德立言，不问西东。

为近来的国产片点赞，又有了超越。

2018 年 1 月 23 日

10.

越发喜欢淡而简的生活，对文字也不喜欢浓重激烈的、让人神经崩得太紧的。这次出门带了几本村上春树的散文和小说，虽说《且听风吟》是他的处女作，我还是更喜欢《挪威的森林》。让我佩服的是，林少华先生翻译得如此优雅流畅。我不想再思考其他，只问究竟人生就是一次远游，每个人的远方都不一样，还是顺其自然，不累就好。

2018 年 2 月 18 日

11.

读了这篇文章，心中很难受。我们的教育和管理是阻碍未来发展的重要问题。关于教育，人文素质问题不只是在海南。海南岛的海水、海滩、细沙比夏威夷美（天然环境，不比基础设施）。我二十年前去过夏威夷，那里居住和旅游的大多是日本人，非常干净有序。十年前我去希腊，碧蓝的海水上的私家游艇尾上都有一个塑料袋，大煞风景，我问导游这么难看干什么用？答：防止尾气漏油污染海水。这些懂规矩讲文明的人是怎么教育出来的？海南的海在我心中比任何国家的海都美，当我看到海水被垃圾污染，岸边酒瓶、塑料袋、黑色泡沫飞舞时，心中有些悲伤。说到因雾许多上岛的人被困，政府想了许多办法，公务人员调休，志愿者送粥，但文中的旅客却如此野蛮。海南建省三十周年了，到底缺什么？急于筹钱，山上、海边都建了大小不等的住宅，但后期可持续发展靠什么？基础设施、人文素质、科技创新、文化交流及旅游都是必备的条件。再过三十年海南是怎样的？我深深爱着这碧绿翡翠般的海洋，我想起诗人艾青的诗：为什么我的眼里常含泪水？因为我对这土地爱得深沉。

2018年2月23日

12.

我的朋友参与的图书获"世界最美的书"奖，为之高兴。转发他的感言：2018"世界最美的书"评选，近日在德国莱比锡揭晓。由我撰序，说明其内容要旨及价值所在的《茶典》，荣获"世界最美的书"荣誉奖。该书收录了《四库全书》中八部茶书。现在获奖，我也很高兴。今年的莱比锡书展和法兰克福书展上，此书将与世界读者见面，并在全球各地巡展。

"中国最美的书"是上海市新闻出版局于2003年创设的书籍设计评选项目，至今已举办了十五届；每年的获奖图书都送到德国莱比锡参加次年的"世界最美的书"评选，先后有十五批三百二十一种"中国最美的书"亮相德国莱比锡，有十九种图书获得"世界最美的书"奖项，其中两种获金奖。

随着技术和材料不断推陈出新，理念不断创新，中国的书籍呈现出多样化的趋势。而"中国最美的书"评选自创办伊始，即与德国莱比锡"世界最美的书"评选和展览相衔接，组织中国书籍设计师参评、竞争，推动了我国设计界与世界的交流、互访和讲学，不断推动我国在图书设计理念、创新和质量等方面的发展。更为重要的是，通过这条走向世界的通道，我国书籍设计在保持独特性的同时，融入了国际舞台，进而成为推动我国书籍设计进步的动力。

2018年2月23日

13.

在我眼里，研究哲学问题要比研究《红楼梦》重要。我现在才理解二十五年前上第一堂西方哲学史时，陈家琪先生问：哲学这么枯燥，你们几个女生学哲学？我说考不上现代文学，只有中国哲学好考。惹得我们都笑了，家琪先生一脸的无奈。我还记得马哲老师钱伟量的名言：哲学是最没用的，哲学也是最有用的，任何科学研究都离不开哲学。

继续找老师上课，望着海边浩瀚的星空（多年没见这样的星空，深蓝的夜空撒满了钻石般的星星，极美）。我谦卑地认为：人类的认知是有限的，而宇宙是无限的。

2018年2月24日

14.

侄子从宁夏来京,准备美术硕士毕业论文答辩,给我带来了羊肉和他的毕业作品,第一幅是半成品,"西海固老汉"。我真情流露,脱口而出:"我不喜欢羊肉喜欢画。"全家人大笑,我才觉得说错话了,那么远来,如果会说话,会说"都喜欢",可见情商之低。喜欢画是我的真心话,我开始评论这个老汉:最好让老汉的眼神有沧桑还有期盼,最好让他披上西海固的老棉袄,最好背景的黄色有层次有沟壑,最好要有蓝天祥云。

我上学时学政治的,许多经典都忘了,只是向往"桃花源"……现在我的周末也很快乐,家人一起吃可口的饭菜,谈着家人(还有我俩外孙)的绘画,莫奈、毕加索,饭后老伴展示自学练成的钢琴练习曲,其乐融融。我想退休了,回家监督我的家人,习惯了。

2018 年 4 月 15 日

15. 欣赏童心

每周末带俩宝贝去上绘画课很快乐。安安画的"外星球",我说:外星球的花是银白色的?她说:你不懂,那是光束。我的确不懂孩子的世界。弟弟康康属于陪学的,跟着画呗,他虽没有绘画天赋,随意几笔也总是能画出自己的世界,他画的"铜钱草",还好不乱。仔细品味阅读童心,走进纯净透明的童话世界,世界会更加美好。

2018 年 4 月 30 日

16. 阅读马克思

如果不读马克思的《资本论》,千万别说你懂马克思。他一生两大贡献:历史唯物主义史观和剩余价值论。了不起的他用了二十年的时间完成了他的政治经济学思想巨著《资本论》,可惜的是他生前只出版了第一卷,二、三卷是他的好友恩格斯用了十一年的时间整理他的手稿才得以出版的,多么让人敬佩的友谊!

2018年4月30日

17. 遥望北大

我喜欢上北大始自二十六年前,那时一位文学教授约我去拜见汤一介先生,先生亲手在未名湖钓了条鱼,夫人黛云先生亲手烹制,如此这般的礼遇,我紧张得饭都没敢多吃。

他们讨论佛教史及北大校史,北大的历史也是中国近现代史的重要组成部分。我听着只有感动,但其中的道理我并不明白。第二次去北大是二十一年前的冬日,那天北京下着大雪,几个中文教授去北大想买王力老先生的线装古籍,他家是一个灰砖四合院,家里的书架像中药柜,藏书甚多,我还是看不懂。

我们几个年轻人跑去雪中的未名湖。世界上有很多好大学,但都没有北大这样让人难以忘怀,特别是雪中的北大。从那之后我格外喜欢北大了,每想到北大就想到雪花飘落中的中式建筑,老枯树树叉上清淡的月亮。我虽不能深刻理解北大的精神,但我能品出北大的味道。祝福北大，祝福北大所有的友人，千万别忘了你是北大人。

2018年5月1日

18. 阅读文化

第一张照片是我在单位的蓝天下从树叶的缝隙中看太阳；第二张是海上日出的太阳。前两张光遮盖了太阳。第三张是小外孙女笔下外星的银白色光束，我说是花，她说就是外星的光束，我只有尊重。

每晚看电视打发时间，最欣慰的是不用追韩剧了，国产电影电视都有飞越，比如《红海行动》《好久不见》，近日的《金牌投资人》，都不比韩剧差。每晚霸着电视机，摇控随意调台。不巧按到央视六台正在播放法国片《非我族类》，大意是一个巴黎的哲学教授去法国南部小城兼职，认识了一位漂亮的女理发师，相遇相爱，但没达到相知。哲学教授不自觉地用康德的"三个批判"诠释了他们的爱情，女孩的一切行为他都津津乐道地分析为经验、感性、存在等，还买了一本康德哲学送给女孩，二人交往中大多都在阅读文学书籍，把《白痴》作为重要的电影要件，谈文学时他们还能在一个频道，一谈哲学，就把女孩吓跑了，她把哲学教授的真爱理解为屈辱。

不同的时间地点看太阳的感觉和结果是不一样的，文化和文明的差异是现实存在的。九年没出国，对发达国家的感性了解和认识不很清楚。法国人用哲学写电影，不得不让我佩服，但有多少人去看？有多少人能看懂？

2018年5月5日

19.

我六岁的外孙女安安的语录摘要：

1. 发展世界应该是让世界变得更美好，而不是破坏世界。
2. 你不必那么在乎，所有生命都有自己的选择。
3. 我们应该保护世界，否则就不会有人类了。
4. 动物不应该被关在笼子里，我们也是猴子变的，为什么不把我们关在笼子里？看到动物园里的动物，我都替它们伤心。
5. 我们不爱大自然，大自然就不会爱我们。
6. 每个生命都有梦想，每个梦想都是独一无二的，应该坚持下去。
7. 我喜欢大自然，不喜欢高楼，我想去雨林里生活，我想要一个自己的树屋。

2018年7月6日

20.

拜读前半部，讲历史上多次的民族融合；后半部讲的"内与外"，也应该是"内圣外王"吧。我的学者朋友们会笑我，业余学习思考不易，批判也好，来文的不来武的就好。回忆二十年前我的美国老师问我，你们的哲学不是清楚的黑白分明，你们的文化真神秘；我面带微笑，心想你们哪懂我们的文化和哲学，心性、悟性、自觉、中庸我也翻译不出来，只好对他说，由白到黑得经过灰色。

2018年7月17日

21.

世界上有许多集聚本民族文化的美丽宫殿，但经过历史的风霜和战争留下来的不是很多。小小的法国经历两次世界大战，卢浮宫仍在，每想起巴黎我首先想到的是她。基于我的血脉我更喜欢故宫，她不是奢华和美丽能够概括的，她的辉煌和气势，她的沧桑和承载，不是文字能够说清的。

2018年7月17日

22.

今晨给我的中学老师打电话，毕业以后第二次给他打电话，惭愧。九十一岁高龄的老师竟然能回忆起我在宣传队登台演出，对方忘了词顺口编了一句台词，我便站在台上不知该如何了，全场大笑。全班几十个学生，九十多岁的老师还能清楚记得我们的故事。我忘不了大漠芦苇和鸿雁，我忘不了城墙下的操场和琅琅的读书声；夕阳挂在老旧城墙上，您教我们乐队练乐器，经常指着我说：扬琴给音，大家校音。多么美好的回忆，泪水夺眶而出,我连说明年春天我一定回去看您。每个老师都在我的心中,即使没有联系也从未忘却。每一个成长都是您的教诲,感谢我的中外老师。

2018 年 9 月 10 日

23. 天边的遐思

早上打上车,司机开始给我上课,路边乱停车,五环乱跑的大卡车,边开车边玩手机的,堵车都是因为执法不严,罚款一千元,记十分,撤本,看谁敢?大家都知道执法不严的后果。今个儿天好,师傅麻烦您停车,我从过街天桥过去。

秋日的阳光不冷不热,洒在我身上,迈着慵懒的步伐走进单位,仰望天空带来无限的遐想。这蓝天没有背景,只是蓝天薄云,就像油画有层次、薄透的质感。有了各种背景,蓝天就不只是蓝天了。蓝天中的白云好似又让我看到了一位西方的哲学家或文学家,想起了希腊、罗马、佛罗伦萨,想起了西方的教堂和城堡,想起了牛津和剑桥大学,想起了米开朗琪罗和莫奈;我就是不喜欢西班牙的斗牛场,充满了血腥和残忍,那些人看见人把牛刺死,竟然欢呼跳跃,这是一种什么文化?算了。蓝天下还是想些快乐的事,或许这个西方老人是林肯、华盛顿、托尔斯泰呢?天边究竟在哪里?天边究竟有多远?

2018 年 9 月 17 日

24.

上午,参加了七室的双重组织生活会。行政大厅有一个开放的书店,可以喝茶和咖啡。一眼望去上了新书,有比尔·盖茨的《原则》,有傅莹的《看世界》,又发现了我喜欢的朱光潜和周国平,还有村上春树的作品。下周休假准备带着孙儿们去海边邀明月数星星。飞机上他俩会看电视,晚上他俩睡的比我早,我可以读我想读的书,最好是能在阅读中让我轻松思考的书,不能太重也不能太轻(事儿妈),太重了我休假就不会轻松,太轻了索然无味我无法坚持。记得20世纪80年代初拜读过朱先生关于美学的《谈美》《谈修养》等著作,以后几十年再未读过先生的书,今日相逢,喜从天降。用先生的话:"人生真正的美,不是姹紫嫣红,也不是万水千山,而是静守初心,从容独行。"回想走过的人生,真是这样:心若从容,一世安好。

2018年9月19日

25.

前些年我的同事去日本回来说,有一个约五岁的小孩在洗手间洗完手后只用一张纸,她们上前问:你用一张纸擦手,不干净怎么办?小朋友说:"我们国家缺乏资源,先甩甩手再擦。"她们很受教育。如果我们通过各种媒体教化大家,电梯里不能吸烟,餐桌上不能剔牙,我们国家缺乏资源,如何节水节电,十字路口红绿灯坏了,汽车纵着一辆、横着一辆,闯红灯是可耻的……

这些基础文明常识一定要教,不教六十岁也不知道,这和物质基础关系不大。学校的教育、家庭的教育、社会的教育三管齐下。培养我们文明古国、礼仪之邦的孩子们的确太重要了,从他们的身上可见未来。

2018 年 9 月 25 日

26.

旅游和度假还是不一样。住在这个小岛上生活简单,吃饭看海,陪小朋友抓螃蟹、捡贝壳、玩沙子、追浪花。我又想起了《瓦尔登湖》,当时是耐着性子看完,太平凡了。现在想梭罗先生完全靠自己的双手过起一段简朴原始的生活,用两年多时间建小木屋,耕地种菜自食其力,与山水自然为伴,与一千多种植物动物为友,他有独特的观察能力、睿智的头脑,能一眼看透事物的本质。今天,我们经历了现代化后是否还能享有这样的寂寞?如果没有小朋友的陪伴,我一个人是否能回到从前?这里没有电影院、超市,买菜很远,椰子一个十二元,生活的确不方便。夜晚渔民 2 点多开着汽电小船出海捕鱼,晚上 10 点多回来。伴着海浪拍打沙滩的声音和阵阵汽电船的声音睡了醒了,醒了睡了。清晨被鸟儿叫醒,太阳慢慢从海平面升起,又是一个海上的日子。

2018 年 9 月 26 日

27.

每个人心中都有自己的"灯塔",或许是你的追求与梦想,无论你是否达到彼岸,都应该为你曾经的努力而自豪,因为生命重在过程。更不要妒忌比你跑得快、比你跑得远的人,每个人付出的代价和机遇不一样。哥德说过,不懂得尊重卓越的人,证明你的渺小。

海上的阳光酷晒,我们只能等到太阳落山再漫步在海边,孩子们讲着今天的故事,我只能回忆过去的故事,一路走来讲好故事不容易。

2018年9月28日

28.

没想到你的逻辑思维和哲学都这么好。俺认为幸福的标准不一样,没饭吃的人吃上饭就幸福了,想娘的人每年回家探母也是幸福。幸福必须有灵魂的参与,这是最高境界的幸福了,我也说不清了,我可能把快乐与幸福混了。反正简单容易幸福,知足也容易幸福。正如,世界是复杂的也是单纯的,能把握世界和历史的,往往是单纯的人。

2018年10月2日

29. 生活的艺术

昨天去行政大楼参加企业系统干部培训开班动员，下楼跑去洒满阳光的书店，一眼望去，回头对身边的同事说，借我一百块钱，我没带钱也没带手机。买了两本龙应台的书：《安德烈》《目送》。

今晨读完了《安德烈》，很吸引人，母子的交流实为中西文化的交汇、两代人价值观的碰撞、中西教育的差异。文字流畅，思想深刻，我记得最深的一句话是安德烈说妈妈不懂生活的艺术。我静心细想，我们试着把生活当艺术，这日子一定过得很开心。龙应台说得对：上一千堂美学课，不如让学生们在大自然里行走一天；上一百个钟点的建筑设计，不如让学生去触摸几个古老的城市。能帮助孩子懂得能做什么，不能做什么，做不到什么，懂得消极道德、积极道德，或许也是一种艺术。

2018年10月3日

30.

我们的小学、中学的学生又累又忙，只要进了大学的门睡觉也能毕业，与西方发达国家的高校的确不一样。美国的大学和研究生几乎每天都有思考的作业，特别是研究生，老师说不是只让你掌握一般知识，你必须会研究解决问题：找问题、明观点、解决问题。每天不学到半夜，别想完成作业，这些成绩都会记录，秋后算账。他们的小学生三年级以后才有很少的作业，几乎是文体活动，主要教怎么做人，开启心智。

2018年10月15日

31.

昨天，同事说起一部文成公主的歌剧中的两句歌词很感人，"去不了的地方是远方，回不去的是故乡"。我琢磨了一天，想起了我一眼望不到边，白云高挂的故乡的蓝天和沙漠，即使现在回去了，也不是童年记忆中的故乡。或许这就是哲学家说的"你的脚永远无法同时踏进同一个河流"。生命的小船载着我们到处漂泊，四海为家，第二、第三故乡都会让你留恋，但终究替代不了你的第一故乡，无论你是从大山走来，还是出自辽阔的草原，无论你住的是豪华别墅还是乡村农舍，故乡的分量和情感是一样的。每个人都有一个心灵的故乡，文成公主也一样。

2018年11月7日

32.

天外有天，人外有人。这话一点都不假。周末小宝贝们上完绘画课，进了电梯，康用小手摸带有火警等图案的方块，我十分紧张，不许摸，你把铃按响了，错报了警，我们要受罚的。康仰着头说，这是标识！我噢了一声赶紧往外走，他不依不饶地追在我身后，不平地说：姥姥，摸上去是软的才是报警器。好。我急忙转移话题,今天画的什么?康说:男孔雀开屏。我说:不对。是女孔雀开屏。康说,是男孔雀开屏。我又说,女孩穿漂亮裙子,孔雀开屏就像裙子。这时康真急了,瞪着小眼,噘着小嘴:就是男孔雀开屏把女孔雀给招来了。我开始疑惑了。女儿惊讶地问我:妈,你不知道孔雀是公的开屏吗?我犹豫地说:应该是母的开屏。女儿从鼻子里哼出来一声,"没文化真可怕!"我被这母子俩教育了一番。静心细想,自然、植物、动物、海洋、宇宙的知识我都不如三岁半的小孩,所以永远都不要小瞧"小人物",永远都不要瞧不起坐在后排的人。

2018年11月8日

33.

时间是什么,从不同的距离看是不一样的。时间如果被物质运动影响,它还是连续的吗?时间有无开始和尽头?如果物质不存在了,时间还存在吗?照片中的银杏叶被风吹着瞬间都在变化,永远都不是我当时看见的那片黄叶。

2018年11月8日

34.

很少人写华工在"一战"中的贡献。山东人的确是硬汉,"闯关东"的也是山东人。了不起的山东人,了不起的不屈服于任何列强的中国人,读完这篇文章你会懂得我们为什么选择了今天的道路。就像争论了百年的"救亡压倒了启蒙",不救亡,国都没了,还给谁启蒙。没有国哪有家,即使你漂流在海外,你永远都是中国人。读中国近代史,悲壮,屈辱,但欣然的是我们看到了中国人的个性,中华民族的不屈不挠的精神。感谢那个时代的社会精英和十四万"华工",用他们坚强的臂膀战胜了苦难,为世界反法西斯斗争做出了贡献。

2018 年 11 月 13 日

35.

初冬,有些寒意,的确是北方的冬天。老人常说时节到了,小雪的节气就该到了。晶莹剔透的雪花满天飞舞,不由自主地想念雪花了。中午,在单位院子里走了两圈,发现这些充满个性的花在寒风中独立活着,坚守着,不容易。半个月前我拍了一条秋天小路,我喜欢在这条小路上散步和思考,与她共同分享这里的春夏秋冬,今年的第一场雪来临时,一定抢拍一条雪花飘落的小路。我经常走在这条小路上想起那年在江西的"小平的小路",那里本来没有路,是伟大的小平每天上下班去工厂踩出来的路,也走出了他的坚守之路,走出了伟大的改革之路。无论他离开我们多久,都是伟大的小平。看着天,我不禁盼望北方的雪,你是否能早点到来。

2018 年 11 月 23 日

36.

西方哲学面临新挑战。是的,但他没有死,古典哲学、经院哲学、经验哲学、宗教哲学、理性哲学等都是伴随着时代产生的。如果没有实用主义哲学和时间哲学的逻辑思维能力,怎么会有大数据、区块链及人工智能的出现。无论什么创新,一定有哲学思维的引领。当然,面对信息化时代(或者后现代),西方应该有怎样的哲学?我想,这又是一个哲学超越的时代。西方哲学会死,这是文学情怀;西方哲学不会死,是历史情怀,西方哲学会超越,这是哲学情怀。先生见笑。

2018年12月9日

37.

周末,又是一个快乐的时光。小外孙女安安可以和我聊天了,她的英语又进步了,她在学校卖自己制作的发卡和小衣服,我吓一跳,忙问:别的同学有卖东西的吗?她说:当然有。我也买别人的手工作品。又兴致勃勃地说,我的小衣服都排队预定,我们摆摊竞争,价格看大家需要定。我听傻了,虽说她不经意地讲了市场、价格、价值的关系,但我还是不能完全接受,七岁多的娃娃在学校卖自制的东西挣零花钱。我说,你去练习毛笔字吧。她写完后又赋诗二首送我:时间夜幕临,房屋一日光。雪花飘飘飞,人民走江陆。(她看着窗外的龙潭湖,把湖水变成江水了)第二首:黑慕寒风,脚落黑黑。夜已深沉,宝贝睡睡。(天黑了,我不让看电视,她在窗前作诗)我又说,你的诗都是讲夜晚,你再作一首秋天的诗,她说好啊,没几分钟脱口而出:树叶纷纷落,农民收获早。果实纷纷落,喜庆南瓜节。对于一个国际学校成天哇哇学英语的二年级孩子,有如此中文水平,我提着的心终于放下。看着他们熟睡的小脸,小外孙在梦中又打拳又哈哈大笑,幸福满满。静想中西文化的差异。宝贝,只要你懂得做人,懂得规矩,你就真正懂得了自由的快乐,你懂得自立自强,你就懂得了人生的意义。

2018年12月9日

38.

中国文化也重分析,《易经》最后一卦是未济卦,我们的先人用精细的逻辑分析阐明了中国的哲学。中西文化不同,语言文字结构不同,分析的方法不同,不能简单地用"三段论"分析中国哲学。核融合与核分裂是两个概念,当然,融合是人类最美的理想境界。

2018年12月10日

39.

柿子在寒冬中坚守,最终成就了这些小鸟。能有良好的专业素养,能成就别人,你的人生才有意义。站在冬日的柿子树下,我看到它们越来越少,不禁想起龙应台的经典散文《目送》,其实我们就是经历不断的目送而成长,目送我们的年轻时代,目送同学同事朋友亲人的远离。目送又何止是一个又一个的离别?有许多好领导、好同事、好朋友远离,即使不打电话、不联系,你还是时常想起他们,将他们留在心中,这一定是他的人品或能力或思想或境界让你心服。过去每次离开年迈的老母,我都不让她送我,怕母亲看到我的眼泪。女儿出国留学时,每每送她,我一直踮着脚,看着她渐渐远去的背影,不停地擦着不舍的眼泪,想多看一会儿。人生就是这样,伴随着一个又一个的目送而成长、成熟。还是龙应台的境界深远:望着儿子远去的背影,不必追!

2018 年 12 月 14 日

40.

北方冬天的夕阳总是那么恬静,不那么耀眼,不那么夺目。看到这样的冬日夕阳,我总能想起少年时代读的俄罗斯文学作品,比如《这里的黎明静悄悄》。人家明明描写黎明前或初升的太阳,我脑子里出现的却是冬天的夕阳,这想法不知从哪儿来的,或许童年的记忆太深刻,儿时我时常能看到大西北黄河冰面上的夕阳,美得让我无法忘却。一个人的成长,童年印记的确很重要,难怪老话说:三岁看大,七岁看老。每个人的成长环境、家庭教育、受教育程度不同,对事物的理解、选择、决策一定不同。懂得了人的成长,你就能对别人多一点理解和包容。就像这冬日的夕阳,静静地温暖着大地。

2018 年 12 月 15 日

41.

　　什么叫知识分子？有一定科学文化知识的脑力劳动者。面对今天时代的发展，知识分子的定义和内涵是否也在发展？今天的科学水平不是20世纪50年代的水平，知识分子如何走进社会？任何社会发展都离不开理论的研究和创新，所以，知识分子不会被边缘化，但如果你的研究不能指导实践，就不好说了。面对信息化、现代化，什么叫知识分子？

2018年12月28日

42.

　　新年伊始拜孔子，站在先贤面前，我不禁感慨万千。什么力量能造就您这样的"天纵之圣""万世师表"。看展览时，有个年轻人说不相信孔子的思想影响了法国大革命，影响了西方的经济。年轻娃，你可能不知道孔圣人是生于公元前551—公元前479年的伟大哲学家、思想家、教育家，柏拉图、亚里士多德晚他一百多年。学习和继承我国的传统文化，先从孔子开始。我赞成文化中国化，没有民族性，哪有世界性？民族的才是世界的。

2019年1月1日

43.

　　在海边，望着一望无际的大海，坐在白色细软的沙滩上，到处都是寄居蟹的家园，小宝贝们认真地寻找，找到一个，开心笑得那个灿烂。这次上岛虽说没解决我的咳嗽问题（以后不能抱怨北京的霾了），但我习惯了海浪声和拖拉机般的渔船声。每天早上被公鸡叫醒，几十年没听到大公鸡打鸣了，第一反应是高玉宝的《半夜鸡叫》，周扒皮半夜学鸡叫。童年对人的影响多么深远。窗外就能看到海上日出，这一片美丽的海岸使你回归生命的本质，规律的生活方式，广泛阅读的习惯，一盘营养好吃的食物，一份好的心情，还有如何管理好体重。可惜如果我儿时能读唐诗宋词，现在就不会只想到周扒皮了，这对大海有所辜负。小朋友们长大后，能记住的他们的童年又是怎样的？

2019年2月9日

44.

当今流行的一句话：活好当下，留住现在。这话的确不无道理，然而，我们都是经历了无数个过去才有当下。过年了，我拿出看家的本事教安安炸"花花"，边做边讲：我像你这么大，我妈教我的。那时油很少，供给制，每月好像二两油，攒一年才能做油饼、花花、馓子，怕油被风吹跑了，太姥姥不让开门窗，满屋都是油烟，我不时溜出去透气。太姥姥从不离岗，炝得不停地流眼泪，还说不能说话，油会跑了。我讲这些你能听懂吗？安仰着头：我知道，那时你们很穷。我迟顿了瞬间，是啊，很穷，吃饭都要算计。

无论你是谁，身处何地，每个人都是独立存在的个体，个体的成长过程或许只属于自己，你读过的书，遇到过的人，走过的路，经历过的事，成就了自己的人生。

孩子们，希望你们懂得舍取，创造未来美好生活时不要忘了自己的文化，文化就在我们生活的每一天中，就像这海上的朝阳，每天都冉冉升起。

2019年2月10日

45. 女人与海

想到这个题目，我不禁担心引起国际知识产权纠纷的《老人与海》。这部作品让我认识了不朽的海明威，他描写一位老年古巴渔夫，怎样与一条巨大的马林鱼在离岸很远的湾流中进行搏斗。尽管海明威笔下的老人是悲剧性的，泰然自若地接受"被打败"，并告诉人们：人只可以被毁灭，但不可以"被打败"的精神。这"硬汉子"体现了海明威的人生哲学和道德理想。而在我这个小女人眼中的大海，温柔可爱，童话般海的世界，不同的红霞、紫霞，每天的日出日落都不一样。海浪有时像一个温文尔雅的少女，在海浪小夜曲伴奏中舞着浪花翩翩起舞；月光下的海浪英姿豪气，海浪声似乎是贝多芬的《命运交响曲》第九乐章，壮士的情怀在波涛汹涌中翱翔。

这个小岛在北纬十八度，十三公里海岸线，有四个海弯，周边好在没有过度开发，一片原始森林，蓝蓝的天，满满的绿，好不养眼。要想吃海鲜，坐车半小时到东澳镇，春节期间价格随行就市，虾四十元左右，和乐蟹一百六十至二百元，石斑鱼（龙斑、老虎斑）五十元左右，过年不讲价。这些还好，最让我不可思议的是去酒店的室外游泳池游泳，一个人五百元。物价的规范管理对海南的发展是个挑战。

休假结束了，我思念那片海，她会给我以后的文学创作带来新的机遇。那是一片寂静的海，那是一片让你充满幻想的海，那是一片不可捉摸的海，那是一片深不可测的海。重要的是，她是我无法不想念的海。

海上的美景是瞬息万变的，白天看不同的日出日落，晚上数星星，在这寂静和半原生态中你会回归生命的本质。女儿回京主动发微信给我："我在美国经常看海，回来也没什么，现在特别想念万宁的那片海。"我说："爱国主义教育成功了。"反思我们的教育，真的不用那么费劲地喊口号，大家都很累。每个人做好自己的本分，环境本身就会教育人。这个小岛如果能有一点文化设施、医疗机构，太平洋的那些旅游景点也未必有她这么美妙。我们不可能完全像梭罗那样真正的离群索居，但我们过累了大城市繁闹的生活，又向往瓦尔登湖的寂静。

2019年2月17日

46. 精彩对话

有一天，我四岁的小外孙认真地告诉我："姥姥，每个人都有自己的理想。"我大吃一惊，心想这么大的道理谁教他的，我好奇地问："你的理想是什么？"他毫不犹豫地说："当一名科学家。"我哈哈大笑，"你研究什么呀？""我研究恐龙。"噢，那姐姐长大了想当什么？答："姐姐想当小美女。""那我呢？""你把我带大，再带我的孩子。""那时候，我老得走不动路了，你自己带你的孩子。"他抬起头用劲地说："我背你。"姐姐抢着说："我发明一个床，你躺在床上就变回到现在这么年轻，永远不老。"感动得我一塌糊涂。心想，只要你们健康快乐地成长，就是我现在的理想。

2019 年 3 月 2 日

47.

今年终于用"三八"节半天假去参加小外孙女的活动。当我第一次走进顺义的国际学校，没想到学校的建筑、管理完全是美国学校的模式，校内没有一张英雄或科学家名人的画像，到处是孩子们自己的作品，自信心是从小培养的。孩子们经常自编自演歌剧等文艺作品，昨天下午五点半是二年级的马戏表演，生龙活虎，每个孩子都很棒。看到这个场面才知道平日担心她没有作业、不背诗词、数学那么差，是多余了。我在想西方教育的目的，他们的小孩不学奥数，但为什么有那么多的创新和诺贝尔奖获得者？看了这些才知道，他们教的是 1＋1 为什么等于 2。开发每个孩子的智力和潜力，同时强调独立自主、协作精神。核心竞争力说到底还是教育。

2019 年 3 月 8 日

48. 春天的龙潭湖

龙潭湖公园不大,玲珑精致。即使走遍世界的山水风光,在我心中还是她最熟悉亲切。园区不大,楼台亭阁,花草树木,在闹市中能有一个静心之地,实属不易。我真想将春天清爽的空气满满地吸入胸腔,但因为我的花粉过敏症,只能远远看着她们成长的快乐。湛蓝的天空,云朵平静地流动,像写意的水墨画,湖水在春风吹拂中像深绿色的锦缎轻盈飘逸,温顺的野鸭在湖面上载歌载舞。

龙潭湖的水,有人说是死水,有人说是活水。更多的是关于龙的传说和故事。这里分东湖、中湖和西湖。西湖还保持着基本原始的状态,另有一番情趣。人就是这样,你总是对身边的人和自然充满感情,因为是她们的陪伴,丰富了你的人生。

龙潭湖的春天,多留些日子吧。

2019 年 3 月 14 日

49.

今天下班后上了网约车,二环往东方向,没车。抬头看见了我从未见过的这么大的月亮,一眼望去好像只距我几百米远,我不敢相信,惊讶地问司机师傅:"这么大的月亮?"师傅懒洋洋地说:"十五,初升的月亮。"那口气的意思是这都不知道。我一眼不眨地追着月亮看,就是没法拍照。到家下车拍了两张,月亮渐渐远去,被高楼遮挡。看完《都挺好》,又去看月亮,月亮高高地挂上树梢。今晚又让我明白，不只是初升的太阳光芒万丈，初升的月亮也是美轮美奂。

2019 年 3 月 22 日

50.

早上乘电梯又碰上昨晚我散步回来同乘电梯的女孩，女孩双肩背着一个大书包，体型消瘦，脸色发黄，一副疲惫不堪的样子。我问：几年级？答：小学五年级。问：课程多吗？怎么早出晚归？答：除了上课，我妈给我报了十个课外班。我倒吸了一口气，这么多？女孩无奈地苦笑了一下。我像受了刺激，今早上班，碰到单位的年轻同事就问：你给小孩报课外班了吗？初步了解，最少的三个，最多的十二个。价格最低的一小时一百六十元，还有五百元的。我对报了十二个班的爸爸说，你去上十个班试试。我不禁同情这些孩子，他们还有天真烂漫的童年和少年时代吗？如何给孩子减负，怎样培养才是优秀？繁华似锦是美，一花独放也是美；光芒四射的太阳美，静挂天空的太阳照样美。还孩子天真灿烂的童年，让他们按照他们的理想、个性、特长健康快乐地成长，而不是打造统一一个模子、一个规格制造的产品。创新能力是从娃娃开始的，开智最重要，不要剥夺孩子们玩耍的时间。

2019 年 3 月 28 日

51.

又是清明了，思念万千，不知什么方式是对父母最好的纪念。不停地翻看这些老照片。父亲已离开我们四十多年，留给我们的只有几枚军功章和纪念章，记录了他参加过抗日战争和解放战争的一生。我从没有向别人提起，我这年龄只是多了些思考与怀念。我敬佩父亲用一生实现了他的信仰和忠诚。他留给我们正直、坦荡、讲真话的家风，不敢忘却。母亲离开我们三年了，她以善良坚韧的性格养育了我们，她没有上过学，但她的文化，就是奉献。她经常对我讲："不要管我，我很好，别耽误工作。"三年来我不敢去看母亲的近照，这种亏欠和遗憾我没能放下。父母在我有家，父母不在家乡变成了故乡。这些纪念章是我们最大的财富，愿父母在天堂安心。

2019年4月4日

52.

4日上午开完会，下午叫了首汽约车赶往首都机场T3航站楼。这次是专程回银川给父母扫墓，因我母亲去世三周年。临行前按照我的习惯带一本读起来轻松的散文或随笔集，本想带上我老友自己写的书，读起来熟悉亲切，但想起母亲，又拿起前两日在政府行政大厅的小书店买的龙应台先生的《天长地久》，这本书记录了她写给她母亲美君的信，意味深长。

赶到机场，3点半登机，我暗自庆幸可以4点正点起飞，这样在银川河东机场等待我的长兄便不用着急了。没想到上了飞机系好安全带,整坐了两个小时,下午5点半才起飞。我问空姐为什么不让我们在候机楼等,她回答很妙:"我和你一样在等。"我无语。幸好有《天长地久》的陪伴,应台写给患老年痴呆症的母亲,写历史、写战争、写离别、写亲情、写温情与敬意,写在时光的流逝中,我们如何思索生命的来和去?写我们如何迎接,怎么告别?我们如何拥抱,如何放手?写我们何时愤怒?何时深爱?何时拒绝,何时低头承受?在飞机微黄的灯光下我没感觉疲惫,到了河东机场,读完了三分之二,合上书,下了飞机,大哥和侄儿多等了三个多小时。

　　5日早上,大哥带着母亲喜欢吃的素菜饺子,我提着在北京机场买的稻香村的糕点。城里的花店没开门只好去了再买花。去了一看,祭奠的花大多是红色的、粉色的,我也不懂当地的风俗,还是坚持买了白色的菊花和黄菊,表示我的怀念和敬畏。

　　给父母扫完墓,抬头看天很蓝,微风拂着松枝的声音,真像钱穆先生所讲的,在墓旁,风穿过松树的声音和风穿过其他树的声音不一样。我又多看了一下,这里的松树针很硬,或许是特殊的土地通过风来传递亲人的思念之情。走出植物园,才上午9点,怕人多堵车才赶早,离我下午4点返京的飞机还有七个小时。

　　大哥说想不想去灵武看看?太好了!我几十年都没去了。我九岁时,父亲带我们全家从银川搬到了灵武。我和哥嫂、侄子一起游历。我们家1969年就住在灵武老城墙的西湖边上,两个哥哥经常带我在芦苇中抓鱼。西湖的老城墙没了,水也没了。看到眼前的大鼎，又是欣喜，看到了十九兵团即一九二师解放宁夏，又看到了父亲的影子，他1935年入党，1937年从河北到延安，"抗大二期"毕业（说来惭愧，我没去过延安），回到河北抗日，又参加了解放东北、华北、西北，最后留在宁夏，用他老人家的话："哪里的黄土不埋人呀"。

这是我工作以来第一次专程回去扫墓，感慨万千，每个人，每个家，都有说不尽的故事。我们出生在什么时代是不能选择的，我庆幸我出生在和平年代，特别是改革开放这四十年。感恩生命，感恩生活，愿一切亲情、友情天长地久。

2019年4月6日

53.

下午，1点40分乘"复兴号"出差，时间五天，经江苏、浙江、天津、河北。幸亏有了高铁，否则我想高效也插翅难飞。常规出门带书，这次带的朱光潜先生的《心若从容，一世安好》。朱先生是我国著名的美学家、文艺理论家、教育家、翻译家。20世纪80年代初，我在银川读过先生的《悲剧心理学》《无言之美》《谈美》，内容已记不清了，但先生的"人要有出世的精神，才可以做入世的事业"铭刻在心，美学即是哲学。刚放下龙应台的《天长地久》，又拿起朱先生的散文随笔，首次感觉文字是有性别之分的，龙先生经历丰富，文字开放幽默，思想深刻，文笔犀利，但她还是逃不出女人的儿女情长，只不过她把这情深深地与历史结合，非常感人。朱先生有着学者的理性，文字简练，像一位哲学家,又像历史老人,把道理娓娓道来。先生在"生命"中说:"生命原是一顷刻接着一顷刻的实现。""追究最初因与最后果,都要走到'无穷追溯'(reductio ad infintum)。"在短篇"眼泪文学"(Literature Larmane)一文中说,眼泪文学总是到处受欢迎。好作品不只是流眼泪,应该让人们会去思考。

读朱先生的书并不轻松,逻辑思维太强,读了一会儿较累,每到大站我便下车去活动筋骨。一路走来除了住宅高楼就是良田丘陵,绿树点缀。忽然听到枣庄站,我问列车员停几分钟,答:两分钟。我急忙跑下车拍照,山东枣庄才是我的祖籍。人有时很怪,不仅关心现实,还关注历史。枣庄对我来说就是地理名词,我的爷爷我都没见过,我更不知爷爷的爷爷从哪儿来,又去了哪儿。想到这个,还是有点莫名的伤感。

下午6点10分到了南京南站,吃完晚饭,在西康路与同事们散步。我近二十年没有来过,变化太大,马路宽了,法国梧桐树也下起了"雪花",在华灯下漫舞。赶回驻地,又回到了历史的画廊,这是旧的美使馆,司徒雷登住过。"别了,司徒雷登",明天还要乘高铁去浙江,夫子庙、秦淮河的风景只能在梦里穿越了。

2019年4月8日

54.

9日下午,4点19分我们乘高铁离开南京,前往浙江杭州市。窗外一派杏花春雨下江南的景色,小桥流水人家,带有徽派建筑风格马头墙的房屋。真有点累，没有再读书，闭目养神，心却进入了风雨钟山的年代。列车飞驰，窗外的玻璃上的雨水被时速三百零三公里的风吹成心电图的波型图，一会儿又变成了小蝌蚪。

下午5点40分到达杭州东站，接我们的同志说我们好福气，杭州今天横风横雨，刚停。我们住地离西湖三公里，晚饭后，开始散步，西子湖畔，一步一景，几步一个故事。我想到的是"苏堤"和"白堤"，谁说秀才难成大事？苏东坡和白居易不仅是诗词文章传世的伟大诗人，还是为民造福的好官。

中国的山川河流是天人合一的融合，所以人杰地灵，西湖也不例外。

2019年4月9日

55.

10日下午，3点12分乘"复兴号"前往天津。我怕堵车，吃了中饭急忙往杭州东站赶，不堵车，1点半就到了。屈指一算，今天累计坐了十个多小时。我问司机师傅，沿途有老建筑停下来我们看看。没走多远，停在一个白墙灰房顶小木门大院门前，我本着有什么看什么的想法，走近一看，"浙江方志馆"，不收门票。意外惊喜，据说这个"汪宅"是红顶商人胡雪岩的账房先生的老宅，对面是胡雪岩故居，因修路被切开。

浙江有文化，用这么好的故居做方志馆。匆忙度过了有历史文化的三十分钟，急忙赶路。耳边响起我最熟悉敬重的李叔同先生的"长亭外,古道边,芳草碧连天……问君此去几时来,来时莫徘徊",用这首著名的《送别》来道别杭州。西湖,世上无声的美丽,你把历史的沧桑变成了许多美好传说,高高举起,轻轻放下,带给人们无穷的甜美的联想。

列车不知不觉到了泰安站,我到天津是晚上8点20分。同事帮我买盒饭,让我选,梅菜扣肉,不管了,体力和脑力都很累。这次出来,我感到要想准时,在京是地铁,出京是高铁,它们比汽车、飞机都守时。用下午整块的时间又读了一大半朱光潜先生的书,什么是美?我认为在工作中能解决问题,能破解难题,工作是美丽的;在生活中珍惜你身边的人,把日子过得有诗画和音乐陪伴,有能力在历史的长廊中与先贤们对话,有丰富的精神世界和内涵,这就是美。抱歉朱先生,您说:"倒影的树比正身的树美。"我还是认为正身的树美。因为,美是心的产物。

晚上9点安排好住宿,漫步在天津的第五大道,东西称道,南北叫路。我感慨天津这十多年的发展与城市保护。这次出来开眼界了,感谢我的领导和同事。

2019年4月10日

56.

11日,忙完公务,下午4点18分离开天津前往河北石家庄。天津这次给我的印象颇深,旧城成片地保护,城市干净,规划也好,海河在一派祥和中静静流淌。虽短暂停留,仍流连忘返。

窗外,一马平川,很少有楼,大多是农田。列车报站,白洋淀站到了，不禁想起儿时父亲经常讲战斗故事，抗日战争时期在白洋淀被日本人围困在芦苇荡中约四十天。为了保护老乡，不能烧火煮饭，吃了四十天的生土豆。我五岁学的第一首歌曲，就是父亲教我的《游击队歌》，"我们都是神枪手，每一个子弹消灭一个敌人，我们都是飞行军……"触景生情，今天不易。

今日看到绿油油的农田，想到父亲的足迹，还是倍感亲切。这片热土，虽然我没来过几次，但河北唐山开滦县亦算是我的老家。

2019年4月11日

57.

12日，阴，清雾。我们乘下午3点59分的"和谐号"从石家庄返京。四天半的时间走了四个省，这都是高铁的效率和功劳，很准时。

俗话说，一方水土养一方人。交通工具、劳动工具，人们的生活方式、思想观念决定了一个地区的发展和文明程度。

石家庄为了整治环境污染，做出了巨大的努力，不容易。听说，河北经济发展最好的还是我的老家唐山。

列车向北京驶去，望着窗外这片沃土，又该说再见了，还是用骆宾王的《易水送别》来道别。此地别燕丹，壮士发冲冠。昔时人已没，今日水犹寒。

回到北京，我熟悉的夕阳在等我归来。

2019年4月12日

58.

当我从微信上看到巴黎圣母院起火的视频，颇为震惊和惋惜，一天都没缓过神来。不禁想起 2007 年夏，我伫立在塞纳河畔，望着巴黎圣母院，非常的遗憾，不能走进神圣的殿堂，因为当时在维修，四处是铁架。我只能遗憾离开，心中期盼，下次来巴黎一定先来巴黎圣母院，因为有它，才造就了雨果的《巴黎圣母院》。

它不只是一座雄伟壮观的古建筑，它是西方文学、文化、宗教、历史、绘画艺术集一体的极品，是西方文明的象征。但愿现代科技能把它修旧如旧，留下这人类的瑰宝。

2019 年 4 月 15 日

59.

一个人不能狭隘，要大气。一个民族不只要大气，更要有理性。具备深刻的分析能力才能有正确的判断。圆明园是被西方列强野蛮的侵略烧毁，而巴黎圣母院是因保护不当而烧毁，此火非彼火，性质完全不同。我们应该受到启迪的是，如何认真保护好我们的文物，严禁文物内或周边有明火。例如，特定区域内不能抽烟。

中华文明是融于世界文明而存在，无论东方还是西方的文明都应珍惜，因为，她属于全人类。

再哭巴黎圣母院。

2019 年 4 月 17 日

60. 学习与思考

中国近现代知识分子的精神世界值得研究。杜亚泉对"五四"时期的思想界深入观察后,将其分为四类人:第一类是"知识敏感、情感热烈"者,指的是陈独秀这样的"新青年";第二类是"知识蒙昧、情感热烈"者,公然与"新青年"叫板的林琴南就属这一类;第三类是"知识蒙昧、情感冷淡"者,应该是刘师培、黄季刚这些国学派;第四类是"知识敏感、情感冷淡"者,则是夫子自道,是杜亚泉、研究系这些"另一种启蒙"者了。

有没有"知识厚重,情感热烈"的知识分子?只是知识敏感还不够撑起历史的担当,我绝不是调侃,我心中十分敬重各时代优秀的爱国知识分子。

2019年4月17日

61.

周日早晨去龙潭公园散步,热闹极了,有打太极拳的,有老年合唱团唱歌的,有大妈、大爷跳新疆舞、水兵舞的,有穿着连衣裙或晚礼服跳交际舞的,行头有模有样,化着浓妆。真想给她们拍照但怕侵犯隐私权,没敢拍,只是站在一旁欣赏。每个人都在认真地跳,认真地表现自己,寓跳于乐,不难看出他们把这里当作了人生的舞台,一片欢乐的场景。

莎翁说过,世界只是一个戏台。这话不错,人生就是一部戏剧，戏要有人演，也要有人看；没人演，就没人看；没人看，也就没人演。演的人酣畅淋漓，做姿势，拉嗓子，尽态极妍；看戏的人目瞪口呆，拍案叫绝，两方皆大欢喜，欢喜的是人生煞是热闹，至少这片刻时光不曾空过。

人有生来是演戏的，也有生来是看戏的。有时演有时看，有时看有时演。这演与看的分别主要在如何安顿自我上体现。

2019 年 4 月 25 日

62.

对历史来说，百年是弹指一挥间。对思想来说，百年历经几代人的追寻和考问。关于赵家楼的这把火是烧对了，还是烧错了，争论了百年。我们应该追求什么样的理性？如果国将不国，家将不家，你如何选择？

20 世纪初，正是中国被列强欺凌、国运跌入谷底的时期，或许这把火烧醒了国人，"自知"自己的弱国地位，巴黎和会的外交完败更是刺痛了中国人的国耻意识，五四运动正是这种全民族初醒下重塑与抗争的双重变奏。

无论百年前的优秀青年知识分子用生命呼唤爱国、民主、进步、科学，还是主张理性、反对全盘西化、主张弘扬儒家思想，无论见解如何不一样，他们的初衷都是因深深地爱着我们的国家。

纪念"五四"，纪念那个时代的爱国青年。

2019 年 5 月 4 日

63.

生命的本质究竟应该是什么样的？如果把人生视为一场旅行，生活本应是单纯的。你要做的是如何"丰富"你的单纯，因为单纯绝不是轻飘无味。

当你懂得了生活的艺术，你便懂得了生活中的取与舍。生活本来不易，还好有信仰与梦的陪伴。美好也未必都有用，许多时候美好是无用的。

如果说人生是一场漫长的告别，那么更要珍惜亲人、珍惜友人，该赏花，该听雨，该对话，总之该干的事别错过，活出自己的韵味。

我现在最想念的是与我两个小外孙的对话，因为他们有"丰富"的单纯。

2019 年 5 月 11 日

64.

看花的距离不一样，效果截然不同。今天顶着阴霾在龙潭湖散步，树上鸟的叫声特别好听。我仔细观察了一会儿，还是没发现是什么鸟。素面朝天的我冲着她们笑，笑得特别灿烂。鸟说自己的鸟语、唱自己的鸟歌，都那么好听。我婆婆家有只鹩哥，我回去它就背诵唐诗，"锄禾日当午"，全家人笑，我就紧张，鸟说人话？为了哄人高兴，鸟太委屈了，鸟还是说鸟语符合自然规律。

看着天上的风筝，我在找是谁手里拿着线，也没发现。如果没有人拿线，风筝一定会栽到水里。我只顾追天上的风筝，猛一低头才发现已到了湖边，看着黄线，顿悟，云深不知何处，水深也很可怕。这何不是人生的警示。

2019 年 5 月 17 日

65.

龙潭湖公园虽不大，但功能齐全，远看四周被摩天大楼环绕，顶端直插云霄。在城市中央能有一片绿色的家园是我们的福气。

昨天，带小外孙去公园玩，他说要去蹦极跳，我说："上周你不跳，现在你敢跳了？"他说："是因为你给了我力量。"我一时感动，是他教育了我，平日应该如何与同事沟通。给别人力量，也是给自己力量。我想，人类的意志可向两个方面发展，一是现实，二是理想。现实，我们的意志有时能支配，有时无法支配。大多时候，我们的意志是受现实制约的。如果想培养意志就必须花大力气去征服现实。一般人遇上意志和现实发生冲突时，大多会被现实征服。在人力无法征服现实的时候，我们可能会选择超现实，超脱到理想世界。现实不会尽善尽美，只有在理想世界寻找你的尽善尽美。

宝贝，以前我又拉又哄你都不敢跳，现在你不仅跳了，而且跳得很高，祝贺你在成长的路上又一次超越自己，这其中，我只是鼓励，还是你自己的力量和意志发挥了作用。

2019 年 5 月 19 日

66.

上午阴天，预报有雨，9点50分叫车去侨福芳草地陪两个小宝贝上绘画课。车开到朝阳门附近，雨越下越大，雨噼里啪啦地砸在车顶，康康问我："姥姥，是下冰雹了吗？"我说："不是。雨下得大了点又急了点，所以声音大。"下雨路滑，司机很小心。天阴，有的车就开了刺眼的大灯警示人们。没想到的是本来下雨车慢，前面有两辆洒水车洒水作业，什么情况？我大为惊讶，司机师傅脱口而出："脑残"。

今天上完课，要开家长会，时间半小时，我做好了受训的准备。没想到一个"96后"名叫叮当的小老师说，今天来的家长们现在都是五岁的小朋友，要跟她上一节课，体验孩子怎么学习。小老师讲了艺术启蒙，讲了创造能力，解决问题的能力；思维的方法；如何寻找规律，打破原规则，重新组合；多元文化，文化视野和文化包容心。讲思考的过程比绘画重要；学习和创作不同，要有自我意识，有能力感受自己的不足，要及时调整自己。讲对艺术的感觉时，讲到了盲人女作家海伦爬树时体验触摸的感觉。我被这位二十多岁的小老师感动，我上了一堂生动的美学课，开了一次开智的家长会。

在我眼里，四十年的改革开放的最大成就，就是培养了一大批优秀的七零后、八零后、九零后、零零后。少年强则中国强，相信他们，向年轻的他们学习。

2019年5月26日

67.

雨后的天空，洗尽铅华，云朵飘飘。吸着清新的空气，伴着淡雅如菊的清风，舒适轻松，顺利地完成了一天的工作。伴着夕阳回家，一路美景。

乘地铁10号线在十里河转14号线到方庄，走回家，刚好每天走一万多步，目的是培养我不开车独立出行的能力，坚持健身。地铁准时、省钱，环境卫生真不错，如果有一天老年人和残疾人都能乘地铁出行就更好了。想着想着我就出来了，上来一看，找不到回家的方向，才发现出来早了，没转14号线。还好是夏天，7点多了，太阳也没回家，一眼望去，夕阳的余晖温柔地洒在南护城河上，街道两旁鲜花簇簇，走一万步一点不累。

回到家与小外孙女视频，她让我说出七个心愿，然后做减法，最后只能留下一个。我说我最大的心愿是你和弟弟健康快乐地成长！她说，她也有七个心愿，亲人们长命百岁，她能有一个机器猫，长大上好的大学等。老师也让她做减法，只能留一个心愿，我问是什么？她拿出写满了七个心愿的蓝色卡片，六个心愿都被划掉了，留下的唯一心愿是：世界和平。我顿时无语，无地自容。这是一个七岁多的小女孩，舍弃她的各种心愿，只祈祷世界和平。我问为什么。她说，如果没有和平，战争会让我们没学上，大家不好小家怎么能好？我备受教育，万分感动。

宝贝，你可知道维护和平多么不容易？但你能放弃一切，期望世界和平！你站得已经比我高。

2019年5月27日

68.

今天是个好日子。早晨5点半醒,我出生的时间。太阳从东方升起,紫气东来。8点40分有会,没敢赖床。简单洗漱完,走到方庄地铁站6点40分,人不多,转上10号线一直坐到六里桥。到单位7点50分。

今天工作效率不错。下班给自己一个礼物,没吃晚饭,直奔游泳池。好久没游,见到水似久别的亲人重逢,在岸上做了两个伸展动作,急不可待地跳进水中,水清爽柔滑。一趟蛙游,一趟仰泳,好一个轻松自在。好久不游,游到六百米就累了,坚持游完一千米。很开心,回家的路上一看,还累计走了一万步。

回家开灯,打开电视机,不一会儿,一只大蝙蝠四处飞,我急中生智,边喊边躲:"快打开门窗请它出去!"毛巾、围巾飞舞,终于把它请走了。我从小怕各种虫子和不明飞行物,怎么也想不通楼房里门窗紧闭,蝙蝠是从哪里进来的?开始排查,只有一个风险点:空调的排气管洞。我还是不甘心,打开百度搜索:蝙蝠在民间传说是"鼠仙",蝠乃"福"进家,吉祥的寓意。我大吃一惊,我属鼠呀,今天又是我的生日。工作后很少正日子过生日,都是赶上周末才过。只有儿时在父母身边,父亲会记得我们兄妹四人的生日,亲手煮鸡蛋,我们兄妹谁过生日谁吃两个,其他人吃一个;母亲做拉面,能拉两条胳膊伸直那么长。那时物质贫乏,想起童年还是很美好。

童年的回忆只能在梦里相见。明早还要上班,窗外风很大,虽然我怕你，但你的到来给我带来不只惊吓，还有惊喜，再写你的名字，我会睡不着，感谢啦。

2019年5月29日

69.

下午6点半，天阴沉，闷热。预报有大风暴雨，局部冰雹。今天没散步，犹豫一下，还是拿上雨伞去龙潭湖公园走一圈。刚走了一半，电闪雷鸣，风雨交加。伞也无法遮挡住雨水扑面而来，只好跑到亭子里面去躲雨。雷阵雨，真是一阵子，来得快去得也快。我欲雨中寻路，但湖水中孤鸭难鸣。雨下得好像不尽兴，淅淅沥沥、滴答滴答落在伞上，落在树叶上，落在前方的小马路上，顿时冒着青烟，不一会儿被一场小风刮走了。瞬间，东方浩气托出了两道彩虹，遥望天空，大自然就是这么神奇，三十分钟内让我经历了闪电、雷声、雨后的彩虹和美丽的夕阳。吸着雨后无尘而清新、带着青草味空气，迈着轻盈的步子，干净透亮的夕阳挂在树梢，余晖穿过树枝从门洞把太阳的光芒照耀在雨后的大地上，京城的夕阳充满了希望和期待。

2019年6月2日

70.

周日带两个小宝贝上绘画课，每堂课最后十五分钟会让家长进去欣赏作品。当我看到康康的作品又是用各种废料拼的图案，我去找老师交流，为什么近几个月的课都是手工课？我们非常想留下孩子这个年龄段的作品，他姐姐的画已经开始具象了，过了这个年龄段，他就再也画不出朦胧看世界的童真感觉了。我一股脑把憋在肚子的话全倒了出来。小老师修养非常好，先请我坐，然后给我讲，开设这些课程是为了开发孩子的想象力，所以让孩子运用多种不同质地的材料、色彩制作自己的作品，打破原有格局，重新调整结构。这令我心振。虽然我不喜欢也看不懂，但尊重不同风格的文化艺术，这是基本修养。这还是在美国上学时老师教给我的，你可以不同意他的观点，但必须尊重他发言的权利。

近日来，中美贸易、世界多元贸易体系被特朗普搅得不得安宁。突然想起小老师的话，我们的思维已经形成定势，打破重组或许也是一种新的机遇。隐约想起马克思在《资本论》中说："一有适当的利润，资本就胆大起来。如果有10%的利润，它就保证到处被使用；有20%的利润，它就活跃起来；有50%的利润，它就铤而走险；有100%的利润，它就敢践踏一切人间法律；有300%的利润，它就敢犯任何罪行，甚至冒绞首的危险。"

走进世界史的长廊，无论是革命还是改良，社会的每次进步，无不是因为大小不同的经济原因促成。把我们逼上梁山，促成我们的产业结构转型调整，促成我们的创新改革发展，坚定走自己的路。

2019年6月3日

71.

下午，小安安用速描彩铅很快画了一幅作品，信手拈来。她让我写感想。我说，这么美的小树林，有月牙儿，星星怎么会哭泣呢？她说，是这只猫在哭泣。我又问，为什么？她答："因为猫想去它去不了的地方。"我仔细端详这只猫的背影，的确有点悲伤的样子。看来动物和人一样，去不了的地方就是远方，去过的地方已是往事。我们揣着梦想，不断向远方前行，不只是喜悦，还有伤感和忧伤陪伴。

2019年6月8日

72.

看夕阳是我二十多年的习惯，只要有时间有条件，我都不会忘了去看她。下午6点半，出来有点早，太阳不十分耀眼，阳光洒在树草间，洒在水珠上，像一束束金色的光线，飘在空中落在草地。一片青草，绿色幽远胜过花香。好一场惬意的漫步，有时候，安静要比喧闹美。

世上的万物或许是有灵性的，她能让你联想，给你快乐。不是只有音乐才能让人联想，我们的文字也会赋予我们联想，只是我们走得太快，顾不上欣赏我们似画的文学联想。比如，看到蝴蝶，你会想蝴蝶是庄周，还是庄周是蝴蝶。又比如，看到赤壁，你会想到武赤壁还是文赤壁，你还会想到曹孟德和苏东坡。如果没有联想，没有独立思考，你会变成一个植物人，只会吃。我们要学会慢点走，去欣赏你身边的人和事。世上许多决定都是因为你认为美好而做出的选择，你选择了你的选择，就必须承担你的选择。

这是今天看夕阳的所思所想。

2019 年 6 月 10 日

73.

周末，难得自己过。最想去的还是香山和颐和园。清晨 6 点多乘 10 号线地铁到巴沟转西郊专线到香山。早听说香山寺修好了，之前去了两次都闭寺。今天鼓足了劲到了，一问又关门维修了，三进香山寺都没如愿，有点扫兴。下山踏上这石头路面，颇有千年工程的感觉。山不能爬，又对柏树过敏，只好去植物园的樱桃沟。这么热的天走去也不容易，大汗淋漓，也不见泉水，什么水都没有。闷闷不乐。

周六游兴未尽，周日又去颐和园。西郊线刚好有一站是颐和园西，这几年北京的地铁的确方便，还有这西郊专线，对于我这个无车户，我这认香山为老友的人，有极大帮助。

以前去颐和园游西堤比较清静，没想到现在最西边的围墙都整治了，没有人居住了。还是颇有皇家园林的气息，只是树叶蔫了，云雾缭绕不见太阳，被夏日的热风吹伤了。荷花绚丽，映日荷花别样粉，明明是粉色花，嫩黄色的蕊，杨万里为什么说"映日荷花别样红"？或许是我没见过红荷花；更靠谱的是诗人虚实结合的文学功底深厚。无论如何，我眼前的荷花就是粉得那么甜美,莫奈也画不出来。

错过了香山的春天,待今年秋天,赴香山享清风皓月,围昆明湖桃柳,闻淡淡荷香,读香山寺,品乐天真。

北京的西郊是一块文化底蕴深厚的宝地。

2019年6月25日

74.

行政服务大厅有一个洒满阳光的新华书店,不大却温馨。每次路过我都逛一圈。昨天下午进去后一眼看见了《仓央嘉措》,打开扉页,映入眼帘的是现代文体的自由诗。没想到白话诗吸引了我,迅速翻了几页。

说实话,我不是很喜欢现代诗,平生没读过几首,因太直白。有记忆的是光未然的诗《五月花》,第二首是舒婷的《致橡树》。眼前的诗,那一天,那一月,那一年,那一世,淡淡的忧伤道尽了年轮的沧桑,但不失纯粹唯美。他的诗情弥漫在空气中,他的透明或许只有西藏的蓝天和山水能培育。书读不下去了,给在西藏拉萨市挂职的友人发微信要照片,越看越后悔没有去过西藏。开始心动,明年时间允许了要去西藏。人真的很怪,十几年都不敢去,因怕高原反应;今天为了一本书、一首诗而改变主意。看来生活不只是一天三顿饭,远方和诗也一样重要。为那句"那一月,我摇动所有的经筒,不为超度,只为触你的指尖","那一世,转山转水转佛塔,不为修来世,只为途中与你相见"。

如果没有一生的悲苦、孤独和无奈，您能成为雪域不朽的传奇。

2019 年 6 月 29 日

75.

周末，本想轻轻松松睡到自然醒，可 5 点钟就被我家阳台上的小鸟叽叽喳喳吵醒了，吵了我很久了，真想上顶层（我家住顶层）拆了鸟窝。但终究下不了决心，搭一个鸟巢多么不易。看到鸟衔着细小的树枝，用自己的口水，用尽全力辛苦搭建的"家"，它们在其中生儿育女，我就放弃了拆鸟窝的想法，心想听习惯就好了。可是每天清晨的鸟叫声像是吵架，我也无法劝架，只好听着受着。人不仅被人治，有时也要被鸟治。

起来，简单吃了些早餐，去龙潭湖赏荷花，难得清爽的凉风吹着荷叶，伴着荷花翩翩起舞。不惧骄阳炙烤，不惧污泥而染，好一个出水芙蓉，好一个花中君子。

带着荷香回到家中，泡好了一壶茶，躺在沙发上，本想读书，一眼望向窗外，白云在蔚蓝的天空中任意浮游，仿佛是一幅大写意的画卷，伸手可摘的朵朵云彩。就这样呆呆地在窗前看了一个多小时，白云渐渐离我而去，越来越远，我只好去读《仓央嘉措》，他到底神秘在哪儿？

但愿明晨小鸟安静点，拜托。

2019 年 6 月 29 日

76.

今晚电视剧《少年派》大结局，追了近一个月的剧，还想看。这是我看过的关于高考主题的电视剧中最好的作品，用生活的细节揭示了家庭伦理与青春成长的过程。演员闫妮、张嘉译和小演员赵今麦默契配合，成功展现了父母和高考学生的心态和生活。特别是17岁的赵今麦饰演林妙妙非常成功，她阳光灿烂，精灵可爱。

高考是我们生命中一道美丽的风景线，如果孩子没参加过高考，还是有点遗憾。

青春几何，怕的是转眼间还没成长，已经老去。《少年派》让我们看到了青年人如何成长，父母如何陪伴他们成长。最好的教育就是润物细无声的陪伴。《少年派》是一部好电视剧，没有空洞的标语口号和大道理去谈人生理想和青春，可它是用朴实深刻的生活语言表达了正能量，青春的味道，生活的味道，家庭的味道，追求和理想的味道，都很到位。

希望还是原班人马再拍续集《青春派》。

2019年7月1日

77.

小外孙康康回来了，他喜欢吃冰棍。我图省事，一次买了十多根。给他规定一天只能吃一根，又给他讲了怕胃凉、肚子痛等道理。等我到客厅，看到他自己打开冰箱，拿着第二根在吃，我急了，大喊："不许吃，放下！"警告，再吃打手！他边跑边吃，我打了他两下小手，他还吃。下不去手了，只好妥协，只能说今天不能再吃了。最后，把冰棍放在冰箱的顶层。我又去忙，过一会儿，我回客厅一看，傻眼了，他竟然搬了一个小板凳站在上面，又拿到一根冰棍。我不敢喊，怕他摔跤。等他下来，开始严肃地再警告，再吃要挨打了。打了两下，他眼巴巴地说，"吃最后一根。"我又下不了手了，一脸无奈坐在沙发上大喘气。心想，人之初到底性本善还是性本恶？还是性本贪？怎么与他"斗争"，真无招了。这时只见平日无话的老伴，手里拿了一个车锁把冰箱锁上了，边锁边说："有什么好喊的，锁上就好了。"我不禁大笑，这办法我是想不出来的。真是智者千虑必有一失，愚者千虑必有一得。

对人的教育，对人性的认知是最难的事。如何改造人性的弱点，如自私、贪欲等，远比创造任何人工智能的机器人都难。

2019 年 7 月 13 日

78.

北京的孩子真幸福，下午陪两个小宝贝去五棵松体育馆看《冰上迪士尼·冰雪奇缘》。几万人的体育馆，座无虚席，大多是大人带着小孩。在绚丽多姿的灯光下，以冰上舞蹈和音乐展现冰雪奇缘。全场共唱奥斯卡金像奖最佳原创歌曲 *Let it Go*，感受艾莎内心的暴风骤雨和安娜的勇敢非凡，共同见证真爱可以战胜一切的神奇魔力。

让我惊奇的是许多五岁左右的小朋友都挥着小手用英文唱 *Let it Go*。

文化自信就是学习借鉴一切优秀文化。

2019 年 7 月 20 日

79.

政治就是进退自如，妥协即是让步，中庸就是平衡。脱欧将影响英国历史进程及"二战"后欧洲乃至西方的政治格局，"梅姨"能坚持已经了不起了。一切事物都是"冰冻三尺非一日之寒"，提出了理念，需要历史和时间去验证，或许历经几代人，也或许因一个偶然事件加快了历史变革的进程。但是，一定需要启蒙和孕育的过程。你为你的国家负责并贡献，应该无憾。选择对的时间说告别，优雅转身，也是一位优秀政治家的素养。

2019 年 7 月 28 日

80.

这篇报道看了几遍，感慨万千。首先是一国，才有"两制"。如何"两制"应该加强研究，比如，任何一个国家宣誓就职必须讲母语，这是国际惯例。香港是中国香港，必须讲中文（国语），一切公务活动都必须是中文。香港的公务员，包括司法界，必须是香港人或持中国护照。十七名大法官，只有四人是香港籍，这不是港人治港，是外国人治港。其二，历史的原因造就了"孤儿"，文化认同可以潜移默化，但学校必须讲中文，学中国文化和中国历史。应该鼓励香港的孩子来我们的各大院校学习，提供奖学金。要从教育入手，否则再过二十年，他们还是不讲中文，没法认同中国文化，这样继续下去，一些年轻人会变成"怪胎"。

2019 年 8 月 3 日

81. 休假

早上 10 点出门，女儿说，好不容易盼到大晴天，我们出门吧。一路走来，绿树农田掩映着高速公路，一眼望去，青黛色的远山与云端相连，我和女儿赞叹不已，几十年改革开放的成就，世界瞩目。

车开了近三个小时，没吃午饭，谁都不愿停车。我看见路牌上写滦县服务区，便让女儿停车，到我的老家了，想休息一会儿。我们买了些零食后又赶路，烟雨蒙蒙。

不知不觉到了阿那亚，天阴细雨，天空透亮，很像法国的里昂。特别是小礼堂和图书馆的点缀，别有一番韵味。这里没有鲜花，没有城市的喧闹，只有狗尾巴草，的确是简朴自然些。

2019 年 8 月 13 日

82.

下午一路上女儿有点抱怨：北戴河是避暑胜地，上个月最热时你不来，现在天气刚凉，你来了。我说，知足吧，我同事大多还没休假，我休假是因为两个小外孙说，快开学了都还没带他们旅行过。姐姐挺乖的，弟弟让我头都大了，听说"七八岁的男孩讨狗嫌"，这不到五岁，动不停，不好好吃饭，又打不得。他却常常突然说一句很有哲理的话，比如，"我长大要独立生活"，我问什么叫独立生活？答："就是不能和你住在一起。"

所以旅行选择这里，这里可以托管小朋友，这样我也可练练瑜伽，读本书，听着窗外的海涛声，想起儿时父亲常用思念的眼神和表情告诉我们，在我们的老家河北唐山滦县，常能吃到新鲜的海鲜。读毛主席诗词《浪淘沙 北戴河》：

> 大雨落幽燕，
> 白浪滔天，
> 秦皇岛外打鱼船。
> 一片汪洋都不见，
> 知向谁边？
> 往事越千年，
> 魏武挥鞭，
> 东临碣石有遗篇。
> 萧瑟秋风今又是，
> 换了人间。

现在读这首词还是那么有气势，的确是换了人间。

2019 年 8 月 13 日

83.

在生活中，有时会觉得烦倦乏力且无奈，因为我们在人生的路上前行得越久，背负的就越多。我们需要一个安静的地方安顿下来反观自己，我的经验就是带本闲书，带点好茶去旅行，不只是看风光美景，而是走向生命的深处，探寻人生的出口。

以前也去过北戴河，但没像这次流连忘返，主要是偶遇了三座精巧别致的现代艺术建筑：海边白色简单的圣神的小教堂；沙丘美术馆，巧夺天工，把蓝天、海水、沙滩用流线造型与艺术完美融合；还有孤独图书馆，也是巧妙地用光、海、旷景，把安静与孤独结合。大多哲学家就是喜欢孤独和孤辟，我们这些俗人无法理解。

我前思后想，为什么这么喜欢这几个现代建筑的艺术品？这些建筑圣洁而又沉稳的浪漫，简单而又不失精致的细节，不媚俗不迎合的大气，低调而又优雅的建筑音乐，与艺术和大自然融为一体的奢华，既是西方哲学的表现，也是中国哲学中天地人合一的体现。

建筑不只有文化艺术的内涵，建筑是有灵魂的。

人生的出口，或许就是你找到自己的内心世界。地球是圆的，归来，我们还是走在初行的路上。朝着希望前行，即使累，你也依然会如此选择。

2019 年 8 月 18 日

84.

开学了，我担心小外孙不愿去幼儿园。女儿发照片给我，说小外孙每天都很高兴去幼儿园，因为老师说他喜欢与一个小女孩一起玩，形影不离。我听了大笑，周末康康还对我说："姥姥，我认真地告诉你，我不想去幼儿园。"我说那是不可以的，你必须去，而且没有条件可讲。话说得坚决，但心里没底，每天给女儿发微信，问康有没有去幼儿园，这下终于放心了。

生活是艺术也是哲学，林语堂先生在《生活的艺术》中把人类分成两种人：一种是理想主义者，另一种是现实主义者，二者是造成人类进步的两种动力。细想，人生无时不在理想与现实中穿行。世界千姿百态，人各自有不同的信仰，关键在于你怎么践行你的信仰。康康四岁多，或许就是单纯喜欢这个小女孩，去幼儿园就是想与她玩，感觉快乐。他把我告诉他学知识、学文化、学规矩的大道理早忘耳后了。难怪上了两年幼儿园只会："五只猴子在荡秋千，桥下鳄鱼在水边，鳄鱼来了，最后剩下一只猴子"；"唐僧骑马，浪里个浪"；唐诗背不出三首。长大如何成才？每每我着急问女儿，她总是不紧不慢，眼皮都不抬，从嘴角挤出来一句，我只希望他们健康快乐就好。于是我在女儿身上学会了淡定。管太多了，你会心跳过速，血压上升。人随年龄增长，能力会下降。这或许是一种快乐教育，在生活中我们还需要自嘲和幽默感，用幽默来解释无奈。

无论如何，我相信康与小女孩心性相通，感观美好。祝贺你，虽然你不会背唐诗宋词，但四岁你就懂得选择自己喜欢的人，也很了不起。生活是艺术也是哲学，懂得选择，懂得放下，懂得珍惜，懂得远行和流浪，何不是大美。

2019年9月5日

85.

周末，儿童艺术的世界。

安安今天的绘画艺术课讲了多元文化——伊朗作品《粉红清真寺的梦幻清晨》，画面充满了浓厚的阿拉伯国家的韵味，墙壁、柱子上有绚丽的颜色、花纹，刻画了伊朗特色的花窗，美妙至极。关上灯后用光照向作品，光影效果更加有趣。

康康学习运用几何形状的基本原理，认知线条（通过规律运动）与几何图形的关联，使绘画具有韵律之美（图形的重复、叠压、变形）。点、线、图形是构成作品最基本的元素，了解生活中各种各样的图形的形成原理，并且从各种形状开始对其产生丰富的联想，让孩子能发现生活中不同形状带来的美感。

我每个周末都生活在儿童艺术中，真是修来的福气，我特别珍惜。孩子们回来会把家里能玩的都作为道具，到处搭窝，但很懂规矩，哪些能动，哪些不能动，都会先问，但他们玩的房间别人不能进，安告诉我这是私人空间。

安安三年级，学校开了小提琴课，还有女子足球课、体操课，孩子在快乐中学习，真是寓教于乐。

今天，孩子们能自由选择在哪里生活，怎样生活，是社会的进步和发展。千家万户好了，国家就好，国家好了，千家万户才能更好。感恩我的祖国。

2019年9月29日

86. 别秋

秋天就这样在黄叶、红叶的五彩缤纷中潇洒地向我们别过，留下丰硕果实后扬长而去。秋就像一个侠风道骨的智者，留下美景和食物，让我们迎接严寒和冰雪。

北方人喜欢过四季，能感受生命与大自然变化的过程；南方人怕冷，但他们来北方穿的很少，或许是阳光在体内的储备充足。

就这样，北风卷着秋的叶子，冬天来了。我留恋儿时冬天的味道，我的童年是在大西北宁夏银川度过，那时天比现在冷，每年都有几场大雪，世界白茫茫一片，但再冷也要在漫天大雪中堆雪人，眼睛是用煤球装的；再冷也要打雪仗，再冷也要玩自制的冰车，再冷也要去溜冰，没有冰鞋，是母亲一针一线做的棉鞋。每每又快乐又疲倦地回家，母亲在火炉边烤着湿漉漉的棉鞋，父亲捧着烤土豆或烤红薯，还有一大白瓷杯满满的热茶。家的温暖、父母的深爱滋润着我们成长，给予了我们快乐。

又迎来了冬天，盼望冬天的雪花，更想看到人们在冬天凛冽的寒风中笑得依然那么简单、干净、透明和灿烂。

2019年11月16日

87.

上午 10 点多，太阳在办公楼东南方照着冬天的小路，阳光强，无法拍照。往西看一弯新月静静地挂在天边，冬天的寒风中银杏的树杈衬着冬月更加淡美，一种淡定的自信，一副与世无争的高雅，这是装不出来的。

下午 6 点多天就渐渐黑了，还好家门口的小路没有刺眼的灯光，淡黄色的路灯在树枝中隐约照亮冬天的气息。想带点吃的回家，进了小卖店。店里有许多南方菜，鸡毛菜、紫苔等，让我惊喜的是看到了小时候最喜欢吃的菱角，我小时候叫它"牛角"，因为它很像牛的角，几十年再没吃过，买了两斤回家煮熟，拿起来犹豫了一下，怎么吃？老伴看着我，"用牙咬着吃呗。"我说，小时候我就这样吃的，我担心这牙还能咬动吗？试了试，还好，没那么硬，但眼前的菱角已不是儿时那香甜的味道了，或许是现在好吃的太多了，味觉变了，或许是儿时的美好记忆固守在我脑海里挥之不去，只有在梦里才能回到那单纯、无忧无虑的童年。

可现在睡觉都不做梦了。

2019 年 11 月 20 日

88.

周末，又是与小宝贝们分享艺术的日子。康学习的作品是《内蒙古文化风俗——火的作用》，这是一节传统民俗文化课程，小朋友通过了解内蒙古祭火节的由来、火的历史和其对于人类的重要意义，学习用综合绘画的方法，完成一幅关于火的故事画。

康说，他画的是生气的火山。

安这节课是讲狞厉之美，认知不同的美学规律——学习《雕塑游牧民族——林胡动物金牌饰的狞厉之美》，体会这种神秘而崇高的力量美感。不只是学绘画、艺术雕塑，还学了游牧民族的文化，我也跟着学知识，第一次知道狞厉也美。安今天的课只是做模型，下次上色。

安学小提琴有点进步，康的架子鼓还没入门。小老师告诉我，台湾有个教育家说："学音乐的孩子不会学坏。"因为音乐学习的就是理性思考与感性思考的高度结合，必须首先控制自己才能控制音乐。

早上出门时，俩宝贝趴在车窗上喊着被雪覆盖的松树是圣诞树，说要中午回来堆雪人。等我们下午2点到家，雪已经化了，他们一脸惋惜。我说，等下一场雪来，我一定带你们堆雪人。

2019年12月1日

89. 雪天的遐思

2019年年底的第二场雪飘然而来，瑞雪兆丰年。雪花是有声的，需要我们静心才能听到。仰望天空，阴沉沉的。这样的天空更容易体会到"空"的感觉。"空"这个词很早以前就频繁用于古诗中。我喜欢仰望天空。蓝天白云下的天空，你着急长大，觉得时间怎么那么慢；夕阳西下，迎着各种各样的晚霞，你会觉得时光匆匆，一晃就是一年。

然而，每个人看天空的感悟是不一样的，农民和渔夫看天空是为了收成，为了决定是否耕作或出海。哲学家在问人从哪里来，又要去哪里，人生的意义和目的是什么？我说人生的过程比目的有意思。

无论什么样的天空都很美，只有看见头顶上的天空才感到安心。天空和"空"是不一样的。

读余秋雨先生的散文集《雨夜短文》，"跑道"一文说，有一位作家说过，中国文化人只分两类：做事的人；不让别人做成事的人。我认为有道理，细想，在我们成长的路上，有许多人甘为人梯，我们的老师，与我们三观相同的老友，我们的领导。有多少人的努力我们才能吃得好，睡得香。余先生一定是被让他做不成事的人气晕了。

好友劝我要学会与自己和解，与苦难和解，我非常感动，与自己和解就很不易了，与苦难和解要有多么大的胸怀。或许懂得和解才懂得如何舍得放下，懂得"空"的哲学意义。

静静听着窗外雪花的声音，仰望茫茫天空，何不是一次内省反观，一节论出世与入世的美学课呢？我相信人们天性是善良的，让我们经历了漫长的岁月后，还能不失善良的本性。

2019 年 12 月 16 日

90.

今天是 2020 年的元旦。"一年之计在于元旦"，除工作之外，我不擅长订制计划，随意开始一年的生活。进入花甲之年，也无法重置自己。要想从容、淡然地生活,就得有时间、空间的富余。要想内心的富余,就必须有轻松幽默的心态。

今天珠海没有下小雨,空气清新,湿润温和。安康撒开了吃喝玩乐,都是姥爷陪着,我只是欣赏,太闹了我就回房间读书,颇惬意。

珠海长隆,孩子们的世界,人山人海,什么都贵,难怪有人调侃"穷人国外游,富人国内游"。

随着年龄增长,我越来越认识到,用行动实践出来的东西比用脑子想出来的更加重要。但是,如果不思索,没理论,如何实践?人就是矛盾体。

珠海的天空又阴了,我喜欢毛毛细雨绵绵地扑在脸上,皮肤湿润,头发蓬松。

出门时顺手拿了一本小书,日本作家谷川俊太郎的《一个人生活》,是他古稀之年的作品,读起来淡得不能再淡,只写日常生活,与这个喧闹的世界格格不入。

能够把活着与生活区分开来,再去阅读生活也很了不起。思考过去与未来,对过去释怀后沉静下来。活在当下的我们被生活追着往前赶,在思考未来的路上优雅地前行和老去。睡觉梦都不做,何不是一种快乐?

2020年元旦于珠海长隆

91.

张三夕先生在我在职读南京大学中国哲学史研究生班时教我

"古典文献学"。记得他有一张圆润饱满、和蔼的笑脸，戴着高度近视眼镜。即使每次我们答非所问，他都笑着讲解，满腹经纶，从不傲慢。

先生在武汉，我发微信问："老师，您可安好？我给你寄点口罩、酒精，把地址发给我。"他几次都说不用，他说："我很好，只是社会、国家受了损失。""先天下之忧而忧，后天下之乐而乐"的老知识分子的良知不经意间流露出来。前几日我看到封区了，又说给您寄点熟食，他又说不用，不缺，社区给送菜。

今天看到一篇散文很是感动，我们传承给年轻人，特别是青年知识分子的良知教育，要比写几百篇论文更重要。

做人，特别是知识分子，要有良知、担当，有责任感。

老师，我知道您会坚持，会读更多的书，只是您不注重锻炼，学太极拳吧。不知您读过梭罗的《瓦尔登湖》吗？享受孤独的人，内心才是真正的强大。

2020年1月17日

92. 冬日的龙潭湖

十年前我到这个区工作，与龙潭湖结下了难忘的缘分。第一次来觉得这湖这么小，我更喜欢昆明湖、北海，还有香山植物园的湖。但没想到这小小的龙潭湖伴随着我"知天命"的生活。闭着眼，习习凉风伴着冬日温暖的阳光，吸着清新的空气，心旷神怡。我不禁想起《瓦尔登湖》。梭罗回归自然，回归本我，回归生命的意义。我欣赏梭罗从丛林湖水中寻求简单自然的精神追求。还是用梭罗的话结束：一个人越是有许多事情能够放得下，他越是富有。(A man is rich in proportion to the number of things which he can afford to let alone.)

2020 年 1 月

93.

读临江仙·滚滚长江东逝水
（明）杨慎

滚滚长江东逝水，浪花淘尽英雄。是非成败转头空。青山依旧在，几度夕阳红。白发渔樵江渚上，惯看秋月春风。一壶浊酒喜相逢。古今多少事，都付笑谈中。

这是一首咏史词。全词基调慷慨悲壮，意味无穷，读来荡气回肠，不由得在心头平添万千感慨。在苍凉悲壮的同时，这首词又营造出一种淡泊宁静的气氛，并且折射出高远的意境和深邃的人生哲理。

大江裹挟着浪花奔腾而去，英雄人物如流逝的江水消失得不见踪影。古往今来，世事变迁，即使是那些名垂千古的丰功伟绩也算不了什么，只不过是人们茶余饭后的谈资。

历史固然是一面镜子，但倘若没有丰富的甚至是痛苦的、残酷的人生体验，那面镜子只是形同虚设，最多也只是热闹好看而已。正因为杨慎的人生感受太多太深，他才能看穿世事，把这番人生哲理娓娓道来，令无数读者心有戚戚。

青山不老，看尽炎凉世态；佐酒笑语，释去心头重负。任凭江水淘尽世间事，化作滔滔一片潮流，但总会在奔腾中沉淀下些许的永恒。与人生短暂虚幻相对的是超然世外的旷达和自然宇宙的永恒存在。宇宙永恒，人生有限；江水不息，青山常在。

2020年3月26日

94. 我家窗外的四季

每每坐在我家的窗前，看着日出和月亮，冬看雪花夏听雨，春绿秋黄的美景总是给我带来惬意。我就是看着我家的窗外走过四季，享受美好时光的。我躲在静好的时光里，看岁月老去。

回忆一起走过岁月的亲人、友人、同事、老师和同学，因为有了感动才会变得让人更加留恋。

无数的人和事，无数个过程，让人学会感受生命的美好，或许你会发现，过程比结果更加重要。

时光静好，我亦不老，倾我一生一世，换取岁月静好。如若岁月静好，我亦微笑，亦不老。

有这样的窗外，你很难不浪漫，不遐思，不甜美，不回忆。

窗外风景唤回我年轻时的文学梦想，翻开三十八年前在宁夏《塑方》文学杂志上发表的短篇小说，幼稚得不好意思。我在整理年轻时写的散文、随笔，想编一个集子，本不想把这稚气的作品放进去，又一想，青春本来就是青涩的，我们每个人都有过不同的青涩，如果老了还能保留住青春的幼稚和青涩，也是岁月留给我们的纯真善良和美好。岁月蹉跎，最终留给我们的还是那份真诚，历经沧桑，你的初衷和本色无改，你的内心是幸福而快乐的。好了，我的散文集就暂叫《岁月静好》吧，感谢窗外的四季和静好的时光给了我灵感。

2020年3月28日

95. 也说幸福

人的情感，大约是亲情、爱情、友情。昨晚下班后乘5号线地铁到天坛东站，出错了站口。体育馆路人多车多红绿灯多，拐弯进了国家体育局的大院，从南门出来，人行道上一个高大健壮的男生横抱着一个女孩，女孩幸福快乐地笑着，双手搂着男生的脖子。我走在他们后面，这时男生满头大汗，面红耳赤，嘴里念着"抱不动了"，女孩说："再抱一会儿。"我快步走过，边走边向他们微笑祝福，心想女孩真是好眼光，找到这么一个憨厚朴实的男孩，相由心生。

走过这一对幸福的恋人，我开始联想。如果是我的外孙抱着他的女朋友，我会心疼，会给他擦汗。如果是我的外孙女，长大后被她爱的男孩抱着走，我会高兴。人真的是自私的。要想让自己变得不那么自私，就要不断学会取舍，贵专注，多读书，多修炼。

不同年龄段的人对幸福的理解和追求是不一样的，我的幸福渴望是：孙儿们健康快乐成长，我能独立思考，独立生活，独立出行，不断超越自我，依旧过着平常的日子。偶尔给亲人和老友发个短信或打个电话，太忙的友人，我甚至电话都不敢打，怕打扰他们工作。真印证了那句老话，君子相交淡如水。

我的幸福，是春天静听那一场场温柔的春风刮过来，一夜间吹绿了世界，吹开了冰河；夏日里天微亮，被鸟鸣声吵醒；秋天手棒深沉的黄叶，脚踩着纯朴的大地，仰望深远的蓝天；冬天去凝视红墙绿瓦下满天飞舞的雪花，看着你洋洋洒洒落在五色土中，你的厚重，我懂。

2020 年 4 月

96. 与友人谈快乐

每个人对快乐的定义不同。我对工作快乐的理解就是有意义。我对生活快乐的理解就是有几个思想深刻的朋友能定期聊聊思想；我能休息时静心品茶、听音乐、弹钢琴，读书、旅游、看话剧；现在最快乐的是每周末能与我的小外孙女吃饭，进入她的童话世界，享受单纯的世界；周末睡到自然醒，看暮色夕阳。谁最先回归自然，谁就懂得快乐和幸福。

2020 年 4 月

97.

孩子，只有你独立思考，敢于批判和嘲笑，你才能画出好作品。

今天我带三岁多的宝贝小外孙女去找同仁堂的关大夫给她调理（因为她不好好吃饭）。她问我什么是中医？什么是西医？我说：西医打针，中医不打针。她说中医好。抓药时，我说：多好看，小秤很精致。她说：你让我吃种子和野草呀？我哈哈大笑，她严肃地对我说：你傻笑什么呀？我高兴了一个下午，把对话讲给老伴，他不解：这么说你还高兴。

孩子，我的宝贝，独立思考、敢说你不行我行，这就是超越，没有这样的个性，怎能两岁就画出这么有个性的画呢？保持你独立思考的能力。

2020 年 4 月

98.

昨天被小外孙女教育，下班急忙带她去公园玩，所有小孩玩的都关门了。看着安安失望的眼神，我说：我从围栏把你抱进去，你滑一下滑梯，我再抱你出来。她看着我说：不可以，你没给人家交钱呀！我无地自容，笑了起来，她又说：你笑我傻啊？我认真地说：你做得对，是我错了。我们手拉手欣赏花开的美丽，她走在桃树下面用小手捡落花，边捡边说：妈妈说不能采花，只能捡树上掉下来的花。我连忙说，对啊。其实这就是家教。

2020 年 4 月

99.

教化是教育与自我教育的结合。人生的经验告诉我们，一个偶然的时间，一句话，也许就构成其后人生一世不可动摇的信念。辜鸿铭十岁随义父去英国时，其生父在祖先牌位前告诫他说："不论你走到哪里，不论你身边是英国人、德国人还是法国人，都不要忘了，你是中国人。"辜鸿铭以身为中国人为荣，始终热衷在西方宣传中国文化和精神，为中国文化在世界范围的传播做出巨大贡献。教化似乎是柔若无骨的、无形的，但它却是身边具有渗透力的"穿石"水滴。

2020 年 4 月

100. 如果真的有来生

今天是 2020 年 6 月 18 日，值得记住的日子。上午去单位参加最后一次工作会议，中午怕受不了道别的气氛，匆匆往家赶。一进门，只见安康把床上地上全搭了过家家，很难找到立足之地。心里本来有点空落落的，赶紧扎进厨房给他们做茄子卤面。吃完中午饭，我想休息会儿，怕他俩吵闹，答应让他俩玩二十分钟的游戏。宝贝们很有规矩，每次干什么都问我可不可以，我又找到了能"拍板"的感觉。退休就是要好好休息。一切真能归零吗？

2020 年 6 月

101.

夜读朋友发的有关马克斯·韦伯的文章，20 世纪 90 年代读过他的《新教伦理与资本主义精神》。隐约记得大概是说资本主义的发展与基督教新教的关系及一整套的思想体系,好像与科学关系不大。读着想着,想起今天在龙潭湖,安安突然问我:"姥姥,你说人是亚当、夏娃变的,还是猿猴变的?"我刚想反问,康康抢答:"当然是猿猴变的,要不恐龙哪儿来的?"边说边摆猴子姿势,我不禁大笑:"我当然相信人类的进化论。"安安点头:"我也相信人是猿猴变的。"我当时想,这么小就在思考人从哪里来、到哪里去的哲学问题,等到少年了(因为他俩不停地唱歌曲《少年》)便能懂得生命的意义,让我心欢。

102. 秋来了

不知不觉秋来了,常言说春华秋实。春天绿芽初始,大自然给人惊喜,一派苏醒之后的景象;夏天繁花似锦,各种各样的花到处盛开;秋天果实累累,有吃不完的瓜果。"一场秋雨一场凉",初秋的北京被闷雨憋得让人七上八下,又闷又热,不开空调根本无法入睡。三伏天不好过,夏天还是在银川,确切说是西海固好过。这个世界好是人造就的,不好也是人折腾的。

现在有时间赏秋了,秋在微风细雨中走来,秋从电闪雷鸣中走来,秋捧着果实走来,秋带着思考走来。

今年北京的初秋与往年不同,雨水多了,隔三差五阴天,小雨中雨大雨雷雨,甚至还有冰雹。现在绿化好了,生态环境好了,不只是鸟鸣花香,知了也叫个不停,听说北京人叫它吉鸟,它喊的是"伏天,伏天",我反复听也没听出来。

秋来了，只是刚刚开始。我等待红黄染满秋色、天高云淡的秋天。我思念秋风清、秋月明、落叶聚还散的秋天。我更喜欢宁静致远、实实在在的秋天，即使落叶也那么美好。

103. 贝家花园

游走中国和世界，有说不尽的美景和故事，让我流连忘返。看到阿尔卑斯山脉下的意大利北部，法国东南部山脚下一栋栋被绿树鲜花包围的欧式田园风格的小红房子和门前静静的湖泊，我惊讶得无法形容。走进罗马城，仿佛将整个古希腊文化搬到了罗马，歌特式建筑，教堂、壁画、雕塑随处可见，音乐此起彼伏。

无论国外的风景故事如何吸引着我，我都会离别。每当回京，飞机进入北京上空，我就情不自禁地打心眼儿里高兴。俯视京华大地，我喜欢的黄色灯海。飞机一落在首都机场，我就感到特别踏实，回家了。

十多年没有出国，很想重新感受西方的文化生活。但因新冠疫情，只好宅在家。生活之美，首先要有一双美丽的眼睛，还要有美好而善良的心去不断发现、去感受生活的美好。

听朋友说，海淀区有个"贝家花园"。今天顶着酷暑，中午到了苏家坨镇大觉寺街。

法国医生贝熙业博士 1931 年来华办医院，1954 年回了法国。他在中国生活了四十多年，把青春年华和珍贵的爱情留在了这罗马式建筑的"碉楼"和中西合壁的两栋房子中。贝先生看病不要钱，医者仁心。周边的百姓为他建了一座"贝大夫桥"。他还保护爱国青年，支持抗日，为我们"送药"。一个法国人不远万里来到中国，又一个白求恩大夫。

"雕楼"保护得还好，当时是诊疗室。石板路，山林葱郁，奇石幽静。还有贝大夫年轻时种下的一片橡树林。

也有人关注贝大夫八十岁娶了二十八岁的妻子，八十多岁还生了一个儿子。贝大夫妻子吴似丹是美术学院毕业，大家闺秀。她三十四岁时贝大夫病逝，一生独守。

爱情是不应该受年龄、肤色、语言限制的，他们的结合或许不被有些人接受，我倒觉得是因纯粹的爱情。

可敬可爱的贝熙业大夫，您把事业、博爱及贵族精神留在了贝家花园。

仰望星空，我在想，没有永远属于你的青春。贝大夫济世救人，守护中国的病人四十余年，让人感叹敬佩。

无论中外，总是有那么一批精神家园的守望者，人自沧桑月自明。"今人不见古时月，今月曾经照古人。"贝家花园留下了人类共同追求真善美的美好传说。

2020年7月21日

104. 西山大觉寺

老北京人都说，北京的西北是上风上水。西山青山绿水，北京五大寺庙中三个都在西北方向，潭柘寺、戒台寺、大觉禅寺。

了解中国的文化、哲学、建筑、宗教，离不开寺庙和道观。

我更喜欢看寺庙。佛教文化教化人光明正大，讲因果论，因缘而生。"烦恼即菩提"，在生活中修行，在修行中生活。

道教文化显得阴柔，道家主张"道德"，始终在追求事物内在的道，而在道的追求中形成以道为核心，以天地人关系为主线，以自然为原则，以道、元气、阴阳、有无、自化等为基本概念的思想体系。

也有人说，道家思想尤其是道家老庄派对中国文学艺术的影响，超过了诸子百家，也超越了儒家思想和佛教思想，这种影响如此之大，至今仍然没有过时。

如果你想了解中国的文化，必须走进儒、释、道。

三伏天走进阳台山下的大觉寺，其依山而建，据说这座山像头狮子。禅寺下面是砖石结构，开拱门一，上有匾额"敕建大觉禅寺"，上面是木结构的斗拱和屋顶。这座寺始建于辽代，保持了契丹族尊日东方、崇拜太阳的习俗。寺内有清泉、千年的银杏树、三百年的玉兰树，有雍正、乾隆以及慈禧的牌匾。

寺庙一般都是坐北向南的，我见过北京有两座是坐西朝东的，大觉寺为其一，还有一个就是云居寺。

面对这千年古寺（经过历代多次修缮），千年的银杏树根深叶茂，经历历史的风雨。

走进我国的历史文化，你会知道，汉族不是一个民族概念而是一个文化概念。

如果我们自己不懂自己的历史文化，外国人怎能理解我们的"博大精深"？文化之根深厚，人怎么会轻狂、不敬法律、不怕"神鬼"、没有底线？

北京的西山之美，不只是青山碧水，蓝天白云。因为有古寺，有文化，有历史，有担当，山水也就越发有了灵气。

2020年7月

105. 回故乡

飞机飞越毛乌素沙漠，经过一个多小时的飞行，开始下降。屈指一算，离开故乡整整三十二年，其间隔一两年或者三五年我也回来看过母亲和兄嫂，但每次都是来去匆匆。银川市的变化之大，我已经不认识了。儿时的银川"一条马路，一个二层楼的百货大楼，一个公园两只猴"。印象中大西北贫穷落后，满天风沙，如今的银川让我不敢想象。

每次回来，父老、同学就告诉我要感谢宁夏的曾任书记陈建国，百姓们亲切地称他"陈八道"，娃娃们叫他陈伯伯。是他当年决策建设"大银川"，要发展、先修路，为银川市修建了八车道。最了不起的是他把黄河水引进银川市，让河流在城市中穿行。他已离开宁夏多年，每每回到家乡都能听到群众对他的赞美，他的名字已经与宁夏的发展联系在一起了。这就是人民的口碑。当官别图虚名，还是实实在在做些实事，造福一方。

这次回家乡也很紧张，只有一周的时间，但是我的心情是放松的。6日下午到银川，7日与家人一起来到过去我们叫"西海固"的地区。20世纪80年代，这里还有一家人盖一条被子，六七个娃只有一身衣服，谁出家门谁穿，吃饭没碗，炕沿上挖出几个洞当碗。靠天吃饭，下雨接下来藏在水窖里。真是一个面朝黄土背朝天的黄土高坡，信天游好听浪漫，但生活在这里的人们实在太苦了。

今天再踏上这片土地，我被满山遍野的绿树、蔬菜、油菜花所震撼，找不到黄土高坡。所有的绿树都是人工种植，几代人的努力，几代人的奉献，几代人的拼搏，几代人的心血和汗水，浇灌出来这片青山绿树。苍天不负有心人，我还以为下江南了，夏天可来这里避暑，年平均气温26摄氏度，晚上十几度。绿树环绕，养眼养心。

感慨万千，不知如何下笔。这拙笔不能表达我此时此刻对故乡的敬佩之情。

夜已深，天上星光闪烁，明天还要赶路。

2020年8月

106. 沙坡头

抓紧时间，恋恋不舍地告别了今日绿色翡翠西海固，特别是泾源的国家4A级森林公园和老龙潭。经过三个小时的路程，越来越热，车终于到达了闻名世界的沙漠旅游度假区——沙坡头。刚看完满眼的翠绿，又是一望无边的金沙，又细又绵。小朋友们疯狂了，连喊这就是大沙漠，双手捧着沙子又唱又跳，又是骑骆驼，又是划沙丘。

亲身经历宁夏翻天地覆的变化，今天这里交通发达，城市规划管理好，特别干净，没有高楼大厦（西海固也是一样）。关键是把沙漠和黄河资源整合，创造了新的地缘优势及旅游文化。不难看出宁夏在2002年后的城市规划科学合理，并得到了严格的执行。

傍晚陪小朋友玩篝火，回到房间阳台，我们一起数星星，一望无际、墨蓝色的星空像镶嵌满了钻石，数不清，看不够。我催安康睡觉，明天我们去黄河坐羊皮筏子。经历了，你们才会知道宁夏人的纯朴爽快和大气源自黄河的养育，真是一方水土养一方人。

2020年8月

107. 六盘山

说来惭愧，我是第一次登上六盘山。天下着毛毛细雨，这几百个台阶我爬起来还是有点费劲，歇息了三次才上去。讲解员介绍说毛主席在这里住了四晚五天。

长征、红军都是世界军事史上的奇迹，靠的是一种精神和信仰。那时的共产党人让人民看到了希望之光。

六盘山是一条狭长山脉，是渭河与泾河的分水岭，山路曲折险狭，既是关中平原的天然屏障，又是北方重要的分水岭，黄河水系的泾河、清水河、葫芦河均发源于此。海拔比贺兰山高。六盘山现在是黄土高原上重要的水源涵养林基地和风景名胜区，这里有良好的生态环境、丰富的动植物与昆虫资源，以及积淀深厚的历史文化底蕴。

传说成吉思汗征服西夏时曾在这里休养生息，整肃军队，后病逝于此。

宁夏的发展和变化让我震惊,如何把绿水青山变成金山银山,还需做更多的努力。讲好宁夏的故事,还需要国内外各界人士、人才来我的家乡走走看看。这样说有广告之嫌,但你若来,一定有难以想象的惊喜。

2020年8月

丰子安六岁作品。

后记

秋日的阳光透过玻璃洒在小书房的墙上,温柔了许多。窗外的龙潭湖公园一片深绿,湖水涟漪,柳树在微风中摇曳。

与其说这是一本散文随笔集,不如说是我近三十年生活的感悟、追寻和星星点点的记录。有些手稿陪着我从宁夏到海南,辗转到美国最后回到北京,它们虽然沉默压箱底,但于一个漂泊的人来说,意义非凡,每当想家人或朋友时都会拿出来看看。

这次结集出版未做任何改动,现在再读过去的文字显得稚气未脱,但却保留了青春青涩的气息。年轻时迷恋文学,十九岁时在宁夏《朔方》杂志上发表了第一篇短篇小说。之后结婚生女,一直到三十岁出头又开始拉拉杂杂写散文。1995年赴美国留学,攻读教育学硕士,被英文闹得昏天暗地,美国老师说想学好英文最好先忘记中文。于是,创作的事就更兴意阑珊了。1997年回国后进入中央国家机关工作,工作环境、交流方式迥异,当时还有些小野心,觉得左手写散文、右手写公文,也没什么大不了。但是八年过去,写散文没心境没热情,写公文要理论又要务实,也有些应付不来，落得有些四不像。2005年我到北京市原崇文区委工作，热情和兴趣都非常高，全身心投入到工作和调查研究中，想用工作成绩报答组织、社会和培养、信任我的各级领导。2007年首次提出"廉政风险防范"的预腐机制，后作为模式在全国推广，在此基础上编写了《廉政风险防范管理》，由学习出版社出版，这些基本上是工作成果。

后来，才意识到在这段时间，我几乎没有关心文学，更别说创作散文了。我对文学的感觉，首先要感谢我的父母，是他们养育出我真诚、坦率、正直、善良的品德，有人说"文如其人"，文章是心灵的反映。我重新开始利用业余时间读书，利用零碎的时间写些东西，主要感谢我的老领导李书磊先生，在我知天命之际得到其点拨和教导，他经常要求大家"要多读书，多写日记，多去观察事物，多研究思考，很有意义"。

我还要感谢丰子安、丰子康两位小朋友，他们是我的两个宝贝小外孙。每每看到他们的绘画，我才明白为什么毕加索说他一生都在追求画出小孩子的画。孩子的天真无邪蕴藏着巨大的潜能和创造力。每每与他们对话，都能激活我天真单纯的细胞，他们教会我简单生活。所以，书中也选了一些他们的画收录。

特别感谢龚鹏程先生，在百忙之中为我写序、题写书名。我们相识三十年，他在传统文化方面的修养、教化对我影响颇深，我因为龚先生开始学认繁体字，开始读儒释道的书，我这个读苏联小说长大的人开始走进中国的传统文化。

宋代词人周邦彦有词云："燕子不知何世，入寻常巷陌人家。"所谓生活就是你这一生遇上的人和事，无论岁月是蹉跎还是静好，都是生命中的应有之意，每每繁花散尽，我们才发现自己想要的其实只是一种寻常的生活，这也是于九涛社长更改书名《依旧是寻常》的来意。

岁月悠悠，人生海海，烟火气，平常心，寻常事，这才是生活。

诚挚感谢于九涛社长和责任编辑李媛，他们做了大量辛劳的工作，使我三十年来的散记，终于结集出版。

感谢岁月！感谢生活！

丰子康三岁作品。

图书在版编目（CIP）数据

依旧是寻常 / 张岚著 . -- 北京：中国画报出版社，2020.11
ISBN 978-7-5146-1949-2

Ⅰ . ①依… Ⅱ . ①张… Ⅲ . ①随笔 - 作品集 - 中国 - 当代 Ⅳ . ① I267.1

中国版本图书馆 CIP 数据核字 (2020) 第 213840 号

依旧是寻常

张岚　著
丰子安　丰子康　插画

出 版 人：于九涛
责任编辑：李　媛
责任印制：焦　洋
营销主管：穆　爽

出版发行：中国画报出版社
地　　址：中国北京市海淀区车公庄西路 33 号　邮编：100048
发 行 部：010-68469781　010-68414683（传真）
总 编 室：010-88417359　版权部：010-88417359
开　　本：32 开（810mm×1230mm）
印　　张：7.75
字　　数：165 千
版　　次：2020 年 12 月第 1 版　2020 年 12 月第 1 次印刷
印　　刷：北京汇瑞嘉合文化发展有限公司
书　　号：ISBN 978-7-5146-1949-2
定　　价：88.00 元